KB078168

먹을수록 강해지는 폭식투수 🄓

키르슈 현대 판타지 소설

초판 1쇄 찍은 날 § 2021년 2월 23일
초판 1쇄 펴낸 날 § 2021년 3월 2일

지은이 § 키르슈
펴낸이 § 서경석

편집책임 § 이민지
디자인 § 공간42

펴낸곳 § 도서출판 청어람
등록번호 § 제387-1999-000006호
등록일자 § 1999. 5. 31
어람번호 § 제1-3119호

주소 § 경기도 부천시 부일로 483번길 40 서경B/D 3F (우) 14640
전화 § 032-656-4452 팩스 § 032-656-4453
http://www.chungeoram.com
E-mail § chungeorambook@daum.net

ⓒ 키르슈, 2020

ISBN 979-11-04-92317-3 04810
ISBN 979-11-04-92226-8 (세트)

※ 파본은 구입하신 서점에서 교환하여 드립니다.
※ 저자와 협의하여 인지를 붙이지 않습니다.
※ 이 책은 도서출판 청어람과 저작자의 계약에 의해 출판된 것이므로,
   무단 전재 및 유포·공유를 금합니다.

먹을수록 강해지는

폭식투수

9

[완결]

키르슈 현대 판타지 소설

MODERN FANTASTIC STORY

도서출판
청어람

목차

보증 수표와 긁지 않은 복권　　　　007

다들 방법이 있다고 한다　　　　057

정상으로 가는 길　　　　121

특명! 휴스턴을 짓밟아라　　　　163

그 투수에 그 감독　　　　215

우승, 그리고 이별의 시간　　　　269

에필로그　　　　295

보증 수표와 긁지 않은 복권

애틀란타 브레이브스의 새로운 신성이라 불리는 투수.

마이크 소로카는 무척이나 흥분한 표정이었다.

애틀란타에 1라운더로 지명된 그는 2년 차에 포텐이 폭발해 한때 유형진과 함께 이달의 투수 경쟁도 해 봤었다.

시즌 중반에 잠깐 부진한 탓에 제이콥 디그롬과 유형진에게 밀려나 평균 자책점 3위를 기록했었다.

그래도 쟁쟁한 투수들과 경쟁했다는 데 흥분했고, 그건 올해도 마찬가지였다.

"미스터 리, 진짜 만나 보고 싶었는데 이렇게 붙게 되네요."

혜성처럼 등장해 메이저리그를 폭격하고 있는 한국인 투수.

그래서 더욱 대결해 보고 싶었다.

올해는 직접 맞대결해 볼 생각에 흥분됐다.

"그렇게 기대돼?"

"당연하지. 리! 진짜 나도 저렇게 되고 싶다고! 압도적인 성적! 압도적인 투구! 위기관리 능력 따위보다 차라리 위기를 만들지 않는 실력! 투수라면 누구나 저렇게 되고 싶은 법이라고!"

메이저리그의 젊은 투수들, 특히 마이크 소로카에게 있어 이상진은 이미 롤 모델이자 우상이었다.

마치 연인을 너무 사랑해서 애타게 갈구하는 모습을 보는 듯했다.

옆에서 들어 주던 포수 윌리엄 콘트레라스는 못 말리겠다는 표정으로 고개를 내저었다.

"네가 상대할 건 시카고 컵스의 타자들이라고. 그리고 우리는 챔피언십 시리즈에 나가야 하고."

"그건 당연하지! 그 사람을 상대로 당연히 전력을 다할 거야."

작년에는 구종 가치가 마이너스였던 체인지업을 플러스로 끌어올렸고 슬라이더도 가다듬었다.

그래서 작년보다 더 좋은 평균 자책점을 기록했는데, 갑자기 등장한 괴물 같은 투수에게 밀려났다.

그래도 마이크에게 지금 상황은 무척이나 즐거웠다.

"내가 전력을 다하고 말고를 떠나서 나는 그와 마주할 수 있다는 게 즐거운걸?"

"진짜 어린애네."

자신과 동갑이지만 심각해야 할 상황에 어린애처럼 즐거워하는 친구가 왠지 어처구니없었다.

윌리엄은 한숨을 쉬면서 감독을 돌아봤다.

"감독님, 얘는 언제쯤 정신을 차릴까요?"

브라이언 스니커 감독은 빙그레 미소를 지었다.

작년에 이어 올해도 포스트시즌을 치르게 됐다.

그는 차분하면서도 약간 들뜬 분위기로 디비전 시리즈 1차전을 준비하는 선수들을 향해 미소 지었다.

"마이크는 정신을 차리지 않는 게 오히려 팀에 도움이지."

"그래도 저건 너무하지 않나요?"

"상관없어. 마이크의 컨디션은 최고니까."

마이크 소로카는 올해 부상으로 시작했다.

하지만 5월에 복귀하면서 작년 못지않은 포스를 보여 줬고 지구 우승에 일조하며 명실상부한 1선발로 자리매김했다.

그게 작년, 그리고 올해 거둔 최고의 성과였다.

팀에 호재는 그것만이 아니었다.

올 시즌 시작하며 영입한 콜 해멀스, 크리스 마틴, 댈러스 카이클, 그리고 트래비스 다노도 어느 정도 제 몫을 해 줬다.

겉으로 보기엔 무난하게 지구 우승을 차지한 듯하지만 실제로는 워싱턴 내셔널스와 상당히 아슬아슬한 격차였다.

하지만 브라이언 감독이 호언장담할 만큼 마이크 소로카의 현재 컨디션은 최고조였다.

그는 팀의 1선발인 마이크를 신뢰하고 있었다.

"그래도 미스터 리한테는 좀 힘들지 않을까요?"

"나는 마이크가 이상진과 비교해서 전혀 뒤처지지 않는다고 생각한다."

"정말 그렇게 생각하세요?"

"긁히는 날에만."

순식간에 자신의 의견을 수정하며 브라이언 감독은 싱긋 웃었다.

냉정하게 따지자면 이상진과 견줄 수 있는 선수는 극히 드물었다.

제이콥 디그롬, 스티븐 스트라스버그, 맥스 슈어저, 저스틴 벌렌더, 게릿 콜.

이들처럼 메이저리그 톱 수준의 투수가 아니라면 감히 명함도 못 내밀 투수가 바로 이상진이었다.

"몇 년은 더 경험치를 먹이고 고질적인 어깨 부상 없이 한 시즌을 온전히 치를 수만 있다면 마이크는 적어도 디그롬이나 슈어저에 맞먹는 투수가 될 거다."

적어도 소로카가 그 정도의 재능을 갖고 있다고 생각했다.

지금 당장도 그랬다.

기복이 있기는 했어도 이미 메이저리그에서 손꼽히는 투수로 성장했다.

이제 조금씩 다듬어 낸다면 메이저리그 역사에 길이 남을 투수가 될 것이다.

하지만 윌리엄은 조금 더 신중했다.

"저도 같은 생각이긴 합니다. 하지만 지금의 리하고 비교하는 건 어떨지."

브라이언 감독은 얼굴을 찌푸리며 약간 거친 말투로 투덜거렸다.

"그 자식이 내년 시즌에도 이런 미친 성적을 내리란 보장은 없어!"

"그거야 그렇죠."

브라이언 감독이 버럭 화를 낼 정도로 이상진은 말 그대로 공포의 대상이었다.

올 시즌 애틀란타도 그에게 승리를 헌납해야 했다.

그래서 이상진이 마음에 들지 않았다.

그건 브라이언만이 아니라 이상진과 경기를 치렀던 모든 팀의 감독들이 똑같을 것이다.

"다른 팀들도 원성이 자자한데 감독님도 쌓이신 게 많은 모양이네요."

"그거야 당연하지! 그딴 투수를 상대로 만나서 좋을 사람이 누가 있겠어!"

메이저리그의 감독들은 모든 경기에서 승부를 걸 수 있으리라 생각한다.

그런데 이상진이 등판하는 경기는 달랐다.

시즌 초반만 같아도 정보가 없으니 어떻게든 상대해 보려고 했다.

하지만 너무 압도적인 실력에 경기가 일방적으로 흘러가니 정면으로 승부를 해 보려고 해도 승리를 가져갈 수 없었다.

싸우면 싸울수록 이길 수 없는 상대를 향해 아무 의미 없는 발버둥을 치는 기분이었다.

이상진을 상대한다는 건 무의미했다.

감독으로서 무의미한 싸움을 하는 상황이 정말 비참했었다.

그러다 보니 이상진을 상대하기 위해 괜한 힘을 빼는 걸 피하게 됐다.

"그러면 마이크가 이상진을 피해야 하는 게 아닐까요?"

"컨디션이 좋으니까 한 번쯤 부딪쳐 보는 거지. 그리고 우리 팀 타자들도 기세가 올라 있으니까."

시즌 중반 부상당했던 애틀란타 브레이브스의 선수들이 복귀하면서 팀은 전력의 100퍼센트를 회복했다.

그래서 마지막에 폭풍과 같은 연승을 하며 워싱턴 내셔널스를 따돌릴 수 있었다.

시즌 초반에 꼴찌까지 떨어졌던 팀을 수습하기도 잘 수습했고 지구 우승까지 이뤄 냈다.

"어쨌든 디비전 시리즈는 초장부터 잡아야 해. 그쪽에서 이상진을 내보낸다면 우리는 초강수를 띄워야지."

"하지만 될까요?"

"윌리엄! 약한 소리 하지 마라. 나는 단 한 번도 시카고 컵스에게 전력이 뒤진다고 생각한 적이 없어!"

"그래도 이상진을 피하는 게 좋을 것 같아서 그렇습니다."

전략적으로는 윌리엄의 말대로 1선발인 마이크 소로카를 이상진과 부딪치지 않게 하는 편이 백번 옳았다.

하지만 조금 전에 이야기한 대로 이건 기세 싸움이었다.

애틀란타 브레이브스는 폭풍 연승을 거듭하며 지구 우승을 차지했다.

지금의 기세를 생각했을 때 이상진을 피한다면 선수단의 사기에도 좋지 않은 영향을 끼칠 수 있었다.

"이미 등판은 결정됐으니 딴소리하지 마."

"후우, 알겠습니다. 어차피 내일 경기에 포수로 올라가는 건 저니까요. 최선을 다해 봐야죠."

피해도 사기에 악영향이고 정면으로 부딪쳐서 진다고 해도 악영향이다.

이래도 저래도 선수단에 좋지 않은 영향만 받는다면 차라리 정면 승부를 하는 게 나았다.

*   *   *

차에서 내린 이상진은 인상을 쓰며 팔을 쭉 벌렸다.

"흐아아아암."

이상진은 입을 크게 벌리며 늘어져라 하품을 했다.

주차장에서 우연히 마주친 조나단은 한심하다는 표정을 지으며 핀잔을 주었다.

"오늘따라 왠지 늘어진다? 디비전 시리즈인데 긴장되지 않냐?"

옆에 있던 영호는 미소를 지으면서 미리 보온병에 담아 둔 커피를 한잔 건넸다.

호로록거리며 커피를 몇 모금 마신 상진은 고개를 세차게 흔들었다.

"긴장이 안 될 리가 없잖아?"

"뭐야? 설마 하품하는 게 어젯밤에 잠을 제대로 못 자서 그런 거냐?"

"그런 셈이지."

정확하게는 긴장했다기보다 흥분돼서 잠을 이루지 못했다.

한국에서 한국시리즈에 진출했을 때도 이것보다는 못했다.

전 세계의 야구팬들이 지켜보는 메이저리그 포스트시즌.

그리고 월드시리즈라는 큰 무대까지 앞으로 몇 걸음 남지 않았다.

이런 상황에서 흥분하지 않을 선수가 누가 있을까.

"나답지 않게 잠을 설쳤어."

상진은 메이저리그 1년 차라고 할 수 없을 정도로 단단한 멘탈을 자랑했다.

하지만 지금은 평소와는 전혀 다르게 무척이나 즐거웠다.

메이저리그의 포스트시즌.

꿈에 그리던 월드시리즈, 그리고 우승으로 가기 위한 길목이었다.

"포스트시즌은 다를 거다."

"원래 단기전이란 그런 법이잖아. 그런 건 나도 충분히 알고 있어. 이제부터 평소에는 힘을 조금 빼고 경기하던 팀들이 전력을 다해서 덤벼오겠지."

어떤 특정 팀에 평소에 낼 수 있는 힘이 80 정도라면 단기

전에는 100퍼센트 힘을 쏟아 내야 한다.

평소에 얼마나 여력을 숨겨 두고 있었는가.

그리고 감독이 얼마나 팀의 역량을 끌어낼 수 있느냐가 단기전의 승패를 가른다.

"지역지에서는 감독님에 대해서 엄청난 혹평을 써 놨더라. 무시무시하던데?"

"그래 봤자 애틀란타 지역지인걸, 뭐."

데이비드 로스 감독은 초년생 감독이었다.

존 레스터의 전담 포수로 출전하다가 은퇴하는 그는 뚜렷한 코치 생활을 하지 않고 컵스의 감독으로 취임했다.

처음에는 테오 엡스타인 사장과의 관계라든가, 혹은 에릭 호이어 단장과의 관계를 의심받았다.

간단하게 말해서 대인 관계가 좋아서 운 좋게 감독이 됐다는 의견이 지배적이었다.

능력 면에서는 형편없고 선수발로 포스트시즌에 진출했다는 이야기도 있었다.

"감독으로서 첫해를 맞이한 데이비드 로스 감독은 이상진이라는 걸출한 투수 덕분에 디비전 시리즈에 진출했다. 하지만 그의 역량을 생각한다면 월드시리즈 진출은 물론 챔피언십 시리즈 진출도 힘들지 않을까 싶다. 이게 말이냐?"

"반은 맞고 반은 틀리지."

언제 나타났는지 존 레스터가 뒤에서 둘의 어깨를 툭툭 건
드렸다.

재미있다는 듯 웃던 그는 조나단이 들고 있는 잡지를 빼앗
듯 가져갔다.

"언론에서 떠드는 건 무시하면 되잖아?"

이제 은퇴를 얼마 남기지 않은 투수는 여유 있게 웃고는
손을 들었다.

상진은 평소에 하던 것처럼 그와 하이 파이브를 하고는 어
깨를 슬쩍 부딪쳤다.

"어이, 에이스, 우리 감독의 역량이 떨어진다고 생각해?"

"솔직하게 말해서 단기전 역량을 보여 준 적이 없잖아요?"

"그래서 못 믿는 거야?"

그럴 리가 없다.

단기전 능력을 보여 준 적이 없었기에 그 능력을 신뢰할 수
없다는 건 맞는 말이었다.

하지만 보여 준 적이 없었기에 제대로 된 능력이 있는지도
알 수 없었다.

결국 긁어 봐야 아는 복권이란 소리였다.

"그나저나 저쪽 분위기는 심상치가 않네요."

"첫 경기니까 그렇지 않을까?"

여러모로 첫 경기는 중요하다.

기선 제압이라는 이유도 있지만 무엇보다 실질적인 에이스끼리의 대결이었다.

오늘 경기가 곧 디비전 시리즈의 향방을 결정할 수도 있는 일이었다.

애틀란타 브레이브스의 벤치를 물끄러미 지켜보던 존 레스터는 상진을 향해 주먹을 내밀며 말했다.

"오늘도 팀을 잘 부탁한다고, 에이스."

시카고 컵스에서 6년이나 던지며 정신적 지주 역할을 맡아온 존 레스터.

이제 얼마나 던질 수 있을진 모르지만 그도 은퇴가 얼마 남지 않았다.

그래서 올해의 포스트시즌을 무척이나 기대하고 있었다.

그의 부탁에 상진은 주먹을 마주 대며 씩 웃었다.

"맡겨만 주시죠."

긁히는 날을 맞이한 마이크 소로카의 투구는 화려했다.

싱커로 보이는 패스트볼과 그렇지 않은 패스트볼은 웬만한 타자가 눈으로 구분하기 어려울 정도로 지저분했다.

홈경기인 만큼 트루이스트 파크에 찾아온 관중들은 자신들이 응원하는 애틀란타의 에이스의 호투에 환호했다.

"스트라이크!"

"와아아아!"

이상진이 던져준 연습 투구를 가지고 그의 공을 상대하는 연습을 했던 시카고 컵스의 선수들조차도 제대로 쳐 내지 못했다.

어떻게든 노려서 쳐 보려고 했지만 배트는 연신 허공을 가를 뿐이었다.

"스트라이크! 아웃!"

마이크 소로카의 투구를 보며 평소 상대에 대해 감정을 별로 드러내지 않던 이상진마저 감탄했다.

"오늘 제대로 긁히는 날인가 보네요."

"지금 웃을 때냐?"

"왜? 치는 건 내가 아니라 타자들인데."

"내셔널리그 디비전 시리즈라서 너도 타석에 나가잖아!"

조나단과 이상진은 여전히 티격태격하며 말싸움 중이었다.

하지만 이제 와서 말리는 사람은 아무도 없었다.

오히려 저렇게 한순간이라도 말싸움을 멈추지 않는다면 오히려 심심할 지경이었다.

"그나저나 시즌 마지막에 연승을 달리더니 기세 하나만큼은 좋네."

"저하고 비교해서도요?"

"아마 오늘만큼은 비교할 만하지 않을까 싶다."

데이비드 로스 감독의 말에 상진은 빈정 상했다는 표정을 지었다.

하지만 이내 표정을 풀고 빙그레 웃었다.

오늘은 자신이 봐도 마이크 소로카의 투구는 상당히 괜찮았다.

그만큼 상진은 인정할 것은 깨끗하게 인정했다.

"한국에는 이런 말이 있죠. 자라나는 새싹은 밟아 줘야 한다고."

"그건 또 뭐래?"

"나중에 자신을 위협할지도 모르는 유망주는 미리 짓밟아 놔야 한다는 거지."

그때 마지막 아웃카운트가 잡혔다.

심판의 아웃 콜을 듣자마자 이상진은 벤치에서 스프링처럼 튀어 올랐다.

순식간에 글러브를 챙긴 상진은 누구보다 먼저 마운드로 향했다.

"과연 압박 속에서 먼저 무너질 투수는 누구일까?"

보통 투수는 투수를 신경 쓰지 않는다.

투수는 상대 팀의 타자를 신경 쓰며 타자는 상대 팀의 투수를 신경 쓴다.

하지만 그렇다고 해서 투수들이 서로를 의식하지 않을 수 없다.

어찌 되었든 그들은 투수라는 카테고리 안에서 서로 경쟁하는 사이였다.

"스트라이크! 타자 아웃!"

"와우!"

벤치에 앉아서 이상진의 투구를 구경하던 마이크의 입에서 감탄이 튀어나왔다.

그동안 몇 번이나 벤치에서 지켜봤지만 오늘만 한 투구는 본 적이 없었다.

브라이언 스니커 감독도 어처구니없다는 얼굴로 고개를 흔들었다.

"마이크가 긁히는 날이라서 다행이라고 생각했더니 저쪽 괴물도 긁히는 날이었나."

"평소하고 크게 차이가 없는 것 같은데요?"

"아니, 달라."

"평소 때하고 비교해서 느낌이 달라."

그 누구보다도 이상진에 대해 연구해 온 브라이언 감독.

그리고 광팬에 가까운 팬심으로 이상진의 투구를 벤치마킹하려는 마이크 소로카.

이 둘이 동시에 윌리엄 콘트레라스의 말을 부정했다.

"구속이나 구위가 아니야. 분위기 자체가 달라졌어."

생각해 보면 간단한 일이었다.

브라이언 감독을 비롯한 애틀란타 브레이브스의 모두가 잠시나마 잊고 있었을 뿐이었다.

시즌 중에 보여 준 건 이상진의 전력이 아니었다.

다들 단기전에 전력을 쏟아 내듯 이상진 역시 똑같았다.

"스트라이크!"

그동안 감춰 왔던 이상진의 여력이 폭발하기 시작했다.

*　　　　　*　　　　　*

"말도 안 돼."

메이저리그의 관객들에게 있어서 디비전 시리즈는 하나의 축제였다.

그런데 지금 수년, 수십 년간 메이저리그를 지켜본 팬들조차 경악할 일이 벌어졌다.

"스트라이크!"

"언빌리버블!"

이상진은 5회까지 단 하나의 볼넷도, 안타도 내주지 않고 압도적인 투구를 선보였다.

브라이언 감독이 예견한 그대로 이상진은 애틀란타 브레이브스의 타선을 짓밟고 있었다.

"젠장! 제기랄! 빌어먹을!"

또다시 삼진을 당하고 돌아온 댄스비 스완슨은 거칠게 욕설을 내뱉으며 벤치로 돌아왔다.

저런 반응을 보이는 게 이제는 그다지 놀랍지도 않았다.

"아주 가지고 노는군."

"투심, 포심, 커터. 이 세 가지 구종만으로 충분히 농락하고 있네요."

이상진은 오늘 단 한 번의 변화구도 던지지 않았다.

그는 오로지 정통 포심 패스트볼과 변형 패스트볼만으로 구속을 조절하며 던지고 있었다.

그건 바로 변화구를 던질 필요도 없다는 말과 일맥상통했다.

"빌어먹을!"

이번에 돌아온 로날드 야쿠냐 주니어 역시 반쯤 광분한 표정이었다.

칠 수 있을 듯하면서도 막상 배트를 휘두르면 공은 배트를 보고 피하기라도 하듯 날렵하게 빗겨 나갔다.

어떻게든 배트의 궤도를 수정해 봐도 땅볼이나 플라이 아웃이 될 뿐이었다.

"감독님 말씀대로 긁히는 날인 게 맞나 봅니다."

"그러니까. 브레이크 볼을 던지지 않는다는 건 패스트볼의 제구와 구위만으로 우리를 상대할 수 있다는 선언이니까."

속수무책으로 당할 수밖에 없었다.

그래도 마이크 소로카 역시 무실점으로 6회까지 버텨내고 있다는 게 다행스러웠다.

양 팀 모두 점수를 내지 못하고 발만 동동 구르는 상황.

"젠장. 이대로 계속 투수전만 벌이는 것도 취향은 아닌데."

하지만 벌써 6회였다.

투수전으로 템포가 빨라진 경기는 타선이 뭔가 해 보기도 전에 끝날 기세였다.

6회까지 손톱을 깨물며 발을 구르던 브라이언 감독은 결단을 내리지 못했다.

이대로 마이크 소로카를 믿고 밀고 나가느냐.

아니면 꼬리를 말고 내일 경기를 준비하느냐가 관건이었다.

"이거 참 골치 아프게 만드네."

하지만 이대로 밀고 나가기에는 리스크가 컸다.

무엇보다 무너지지 않을 듯 압도적인 투구를 이어 나가는 이상진이 문제였다.

'저 녀석은 분명히 완봉을 하겠지. 그렇게 되기 전에 무너뜨릴 가능성은 얼마나 되지?'

이상진을 무너뜨릴 확률과 마이크 소로카가 먼저 무너질 확률.

그걸 저울질하며 고민하던 찰나 경기장이 소란스러워졌다.

"와아아아!"

홈 관중석 쪽이 아닌 원정 팀 관중석 쪽에서 터져 나온 함성이었다.

방금 전 얻어맞은 공이 쭉쭉 뻗어 나가고 있었다.

기세 좋게 중견수의 머리 위를 넘어간 공은 전광판을 때렸다.

—앤서니 리조의 솔로 홈런! 시카고 컵스의 선취점!

—7회가 되어서야 선취점이 나옵니다! 드디어 균형이 깨집니다!

시카고 컵스의 4번 타자 앤서니 리조가 터뜨린 홈런에 0의 균형이 무너졌다.

그걸 보자마자 브라이언 감독은 결론을 내렸다.

우선은 마이크 소로카의 교체.

그리고 7회 말이 되면 타선을 대대적으로 교체할 생각이었다.

이 이상 힘을 빼지 않고 내일을 잡아내서 이상진이 등판하지 않는 동안 승수를 쌓을 생각이었다.

그런데 상황이 이상하게 돌아가기 시작했다.

"어?"

"뭐야, 이거?"

"왜 이상진이 내려가?"

애틀란타의 타선이 교체되자 단 한 명의 타자만 더 상대한 이상진이 마운드에서 내려갔다.

팬들의 입장에서는 고작 6과 3분의 1이닝뿐인데 내려간다는 사실을 이해할 수 없었다.

"감독 미쳤냐!"

"리를 왜 내리는 거냐!"

"혹시 리의 몸 상태에 이상이 생긴 거 아니야?"

갑작스러운 교체에 당황한 건 컵스의 팬들만이 아니었다.

한창 신나게 중계하던 중계진들도 당혹스러운 건 마찬가지였다.

―이상진 선수가 갑자기 교체되는군요! 몸에 이상이라도 있는 걸까요?

―메이저리그에서 가장 많은 이닝을 소화한 여파가 아닌가 싶습니다.

―이렇게 되면 컵스의 월드시리즈 진출에 먹구름이 끼기 시작합니다.

그들은 이미 이상진의 몸에 이상이 생긴 걸 기정사실화하고 있었다.

사실 이만한 기삿거리도 없었다.

2020년 메이저리그를 폭격하며 공공의 적으로 군림하게 된 이상진이 부상으로 포스트시즌에서 물러난다?

전국을 들썩이게 만들 초대형 이슈였다.

마이크 소로카가 강판된 후 7회 초에 점수를 뽑아낸 시카고 컵스는 4 대 1로 승리를 거뒀다.

그리고 기자들은 회견장에 나올 데이비드 로스 감독을 기다렸다.

대체 이상진은 왜 7회에 강판이 됐는가.

이 질문 하나만을 하기 위해 그들은 몇 시간이건 기다릴 생각이었다.

"데이비드 감독님!"

"한 말씀만 해 주시죠! 어째서 이상진이 내려간 겁니까?"

"데이비드 감독님!"

그가 입장하자마자 플래시 세례와 함께 질문이 쏟아졌다.

하지만 수없이 많은 기자가 내뱉는 질문은 단 하나뿐이었다.

어째서 이상진이 7회에 내려갔는가.

완봉을 밥 먹듯이 하던 그가 8회를 끝마친 것도 아니고 6이닝을 갓 넘긴 상태에서 강판됐단 사실을 믿을 수 없었다.

"아아, 모두 정숙해 주십시오."

데이비드 감독은 쓴웃음을 지었다.

디비전 시리즈 1차전을 승리로 장식했음에도 앞으로의 일정이나 계획보다 이상진의 강판에 관심을 가지는 기자들이 무척이나 한심해 보였다.

그래도 기자회견은 기자회견, 질문은 질문이었다.

"이상진을 내린 것은 전략적인 선택입니다."

"전략적인 선택이라고 하셨습니까?"

"물론입니다. 디비전 시리즈는 물론 챔피언십 시리즈, 그리고 더 나아가 월드시리즈의 우승을 위한 전략입니다."

그 말에 기자들은 웅성거리기 시작했다.

그들의 평가로 데이비드 로스 감독은 올해 처음 팀을 맡은 신임 감독이었다.

그리고 이상진이라는 걸출한 선수 덕분에 운 좋게 포스트시즌에 진출한 감독이기도 했다.

그런 그가 전략을 들먹이니 기자들은 할 말을 잃었다.

"그러면 어떤 전략입니까? 이상진을 온존해서 나올 전략이 무엇인가요?"

질문을 하는 기자의 목소리에는 비아냥이 가득 담겨 있었다.

그만큼 메이저리그를 취재하는 기자들이 데이비드 로스 감독에 대해 어떤 생각을 갖고 있는지를 여실히 보여 주는 모습이었다.

하지만 감독은 그에 개의치 않았다.

"포스트시즌은 단기전의 연속입니다. 앞으로의 전략은 지금 공개하지 않겠습니다."

"감독님? 그러면 이상진은 왜 강판된 겁니까?"

"아까도 말씀드렸지만 전략의 일환입니다. 같은 질문이 반복되는 것 같은데 기자 여러분의 창의성이 이렇게 떨어지는지 몰랐군요. 정말 놀랍습니다."

이번에는 데이비드 로스 감독의 비아냥이 기자들을 향해 날아갔다.

*   *   *

1차전의 승리에 이어 2차전도 시카고 컵스의 승리로 끝났다.

이상진에 의해 지칠 대로 지친 타선이었기에 교체했다고 해도 다음 날 힘을 제대로 쓰지 못했다.

무엇보다 타자들을 대거 교체하자마자 이상진이 교체되어 힘이 더 빠졌단 사실도 부정할 수 없었다.

"리글리 필드에 가서는 우리가 역으로 갚아 주는 거다."

애틀란타 브레이브스는 이렇게 생각하며 다음 기회를 노리고 있었다.

하지만 일은 생각보다 간단하지 않았다.

무엇보다 브라이언 감독 역시 데이비드 감독이 이야기한 전략이라는 것을 전혀 고려하지 않고 있었다.

그 역시 그냥 해 본 소리라고 생각했다.

그래서 그는 순간 고함을 지르며 흥분할 수밖에 없었다.

"이게 무슨 개소리야!"

애틀란타의 선수단도 마찬가지였다.

전혀 뜻밖의 상황에 그들도 당혹스럽기는 마찬가지였다.

"이게 말이나 되는 거야?"

"Fuck! 농담도 작작 해야지!"

"데이비드 로스! 미친 건가?"

반응은 모두 한결같았다.

이런 식의 선수단 운영은 20년 전에도 벌어지지 않던 일이었다.

시대에 역행한다고 해도 너무 역행한 게 아닌가 싶을 정도였다.

"당장 전화 걸어서 확인해 봐! 아니지. 이 명단, 혹시 만우절 개그라도 하는 거야?"

"감독님? 지금이 몇 월인지는 아시죠?"

"나도 알지! 그러니까 확인하는 거야! 이거 엊그제 경기 선발투수를 적어 놓은 건 아니지?"

하지만 그 정도로 현실을 부정하고 싶은 심정이었다.

브라이언 감독의 손은 덜덜 떨렸다.

내일 경기에 등판할 선발투수의 이름이 적혀 있는 종이를 찢어 버리면 다른 이름이 나올 것 같았다.

디비전 시리즈 3차전에 등판하는 선발.

그건 바로 이상진이었다.

이틀 전에 선발로 등판했던 선수가 내일 다시 선발로 등판한다.

요새 같은 관리 야구, 그리고 스포츠 과학에 따라 합리적인 방식으로 선수단을 굴리는 시대에서 이런 투수 운용은 비상식이었다.

체력을 제대로 회복할 시간조차 주지 않고 에이스를 마구잡이로 굴리는 건 선수 관리의 측면에서도 도움이 되지 않는다.

파격을 넘어서서 어처구니없는 이상진의 등판 결정에 메이저리그 기자들조차 두 눈을 동그랗게 떴다.

"선수를 보호할 생각 따윈 버린 거냐!"

"감독이 정신 나간 거지!"

이런 상황에 놀라고 분노한 건 메이저리그의 팬들만이 아니었다.

한국 쪽, 특히 충청 호크스 팬들은 하늘을 꿰뚫을 듯 분노를 터뜨렸다.

그 이유는 명확했다.

"이상진의 부상 기록은 보지도 않았냐고!"

이상진은 과거 한국에서 혹사로 인해 오랫동안 제 기량대로 던지지 못했었다.

게다가 너무 이른 시기에 복귀해서 던지기 시작했던 탓에 개인 기량 발전이 몇 년은 늦어졌다는 평가를 받아 왔다.

그나마 다행스럽게 회복하고 국내 최고의 투수로 자리매김을 했으며 단숨에 메이저리그까지 진출했다.

팬들에게 있어서 아픈 손가락이었던 그가 훨훨 비상하자 환호하며 열렬히 응원했다.

그런데 그런 이상진을 또다시 혹사시키겠다는 데이비드 로스 감독의 선언에 팬들의 분노가 하늘을 찔렀다.

[제가 혹시 부상을 당할지 모른다는 염려 때문에 걱정해 주시고 화를 내주시는 분들이 많다는 점, 우선 감사드립니다. 다만 이번 등판은 팀을 위해 제가 결정했으며 부상에 대해서도 팀에서 꾸준히 검사를 받으며 조심하고 있으니 안심해 주세요.]

그걸 잠재운 건 다름 아닌 이상진이었다.

SNS에 올린 이상진의 글에 팬들의 분노는 점점 사그라들었다.

대신에 피어오른 건 의혹이었다.

—왜 이상진은 무리한 등판을 하겠다고 나선 거지?

ㄴ뭔가 믿는 구석이 있어서 그런 게 아닐까?

ㄴ그 믿는 구석이 대체 뭔데?

ㄴ그거야 모르지.

—이건 뒤에서 감독이 시킨 거 아니야? 괜히 감독이 무리해서 등판시키고 선수가 무마시키는 거 아니냐고.

ㄴ그러기엔 이상진이 너무 큰 선수 아닌가?

ㄴ컵스가 미쳤다고 저런 선수를 하루 이틀 쓰고 버리겠냐.

ㄴ메이저리그는 한국하고 달라. 이상진하고 협의가 없으면 저런 식으로 못 던질걸?

팬들의 입장에서는 팀을 위해서 결정했다는 말이 가장 신경 쓰였다.

그동안 이상진은 승리를 위해 던져 왔고 팀을 위해 고생해 왔다.

충청 호크스에서도 머슴이라고 불릴 정도로 선발, 중간, 마무리까지 전천후로 굴렀던 게 이상진이었다.

─이러다가 설마 부상당하지는 않겠지?

ㄴ그러면 정말 컵스 테러한다. 이게 뭐냐?

ㄴ국보급 투수가 탄생했는데 전성기가 고작 2년이 말이나 되냐?

ㄴ그거보단 오래가겠지. 이상진이 설마 생각 없이 저랬겠어?

ㄴ생각이 없을 수도 있지!

기사와 댓글, 그리고 기타 레딧에 올라오는 반응들을 보면서 데이비드 로스 감독은 씁쓸한 표정을 지었다.

사실 이렇게 하는 게 가장 간단하면서 확실한 방법이었다.

하지만 단 한 명의 선수에게 너무 부담을 지우는 게 아닌가 싶어서 저어되기도 했다.

'LA 다저스처럼 최상급 선수들을 데리고 있으면서 확실한 우승 가능성을 가지고 있다면 이렇게 하지 않아도 될 텐데.'

남의 떡이 더 커 보인다고, 데이비드는 새삼스럽게 팬들의 격노를 이해하면서도 한편으로는 서운했다.

신문을 내려놓은 그는 바로 앞에 앉아서 한국에서 수입된 만두를 튀겨 먹고 있는 상진을 바라봤다.

"어떻게 생각하나?"

"쩝쩝, 미국에서 먹는 만두는 이렇게 한국에서 들여온 만두.

가 최고죠. 중국에서 들여온 건 아무래도 맛이 좀 그래서요."

"아니, 만두 말고."

데이비드는 쓴웃음을 지으면서 신문을 가리켰다.

이상진의 얼굴은 당당히 1면을 차지하고 있었다.

그걸 물끄러미 바라보던 상진은 튀긴 만두를 하나 집어 들었다.

"사진이 잘 안 나왔네요. 다음에는 잘 찍힌 걸로 실어 달라고 해야겠어요."

"일부러 그러는 거지?"

"당연하죠."

상진은 데이비드 로스 감독에게 쏟아지는 비난이 어떤 종류인지 잘 알고 있었다.

"제 체력과 부상을 걱정하는 건 당연하겠죠. 한국 팬들의 반응을 이해하지 못하는 건 아니니까요."

"사실 나도 회의적이라네. 너의 부상 경력은 생각보다 길고 위험했으니까. 컵스에 와서도 트레이너들이 신경질적으로 관심을 쏟았지."

처음에 데이비드 로스 감독은 이상진이 과거 심각한 부상을 입었다는 사실 정도만 알고 있었다.

영입은 단장과 사장의 몫이었고 그는 만들어진 선수단을 운영하면 그만이었으니까.

그런데 팀 닥터와 트레이너를 통해 들은 이상진의 부상 경력은 입이 떡 벌어질 정도였다.

스포츠 과학이나 의학에 대해서는 자세히 몰랐지만 고관절과 어깨, 팔꿈치까지 대수술을 받았음에도 부활했다는 게 믿기지 않을 정도였다.

이상진의 야구 인생은 말 그대로 불사조라는 별명이 어울렸다.

"그래서 한국에 있을 때 별명이 불사조였던 건가?"

"뭐, 다들 그렇게 부르긴 했죠."

"이 정도 부상에서 되살아났으니 그리 불릴 만도 했겠지."

다들 그렇게 불러 주니 고맙기는 했지만 썩 달가운 별명은 아니었다.

그래도 이번만큼은 달랐다.

"체력적인 면이나 신체적인 문제는 계속 체크해 두겠네. 하지만 CT 촬영이나 MRI가 만능은 아니야. 연속해서 찍을 수도 없고."

"걱정 마세요. 일찌감치 점수가 난다면 기껏해 봐야 2~3이닝 정도 던지고 내려올 테니까요."

사실 데이비드 로스 감독이 생각했던 건 이런 게 아니었다.

1차전에서 이상진을 선발로 올린 후 승기를 잡으면 마운드에서 내린다.

그리고 남은 디비전 시리즈에서 승기를 잡았을 때 1~2이닝 정도를 불펜으로 돌릴 생각이었다.

이번처럼 선발로 운용할 생각은 전혀 하지 않았다.

그때 이상진은 감독에게 자신의 의견을 말했다.

"승기를 잡은 후에 투입하는 것보다 제가 승기를 잡고 싶습니다."

기세를 꺾어 놓는 건 당연히 필요했다.

유리한 상황에 투입되어 추격 의지를 꺾는 것보다 아예 초장부터 짓밟아서 경기를 이길 의지 자체를 꺾어 버리겠다.

따지고 보면 이것도 어느 정도 합리적인 제안이었다.

그래서 데이비드는 그의 의견을 받아들여 이상진을 3차전 선발로 투입하게 됐다.

"아무튼 재미있게 됐네."

"제가 내려가기 전까지 점수를 얼마나 낼 수 있느냐가 관건이겠죠."

"요새 타선도 물이 올랐으니 괜찮을 거다."

이상진이 등판하는 것만으로 애틀란타의 선수단은 사기가 크게 꺾이게 될 것이다.

그럴 때 시카고 컵스의 타자들이 점수를 내준다면 보다 빨리 마운드에서 내려갈 수 있을 것이다.

1차전에서의 승리도 그랬지만 2차전에도 큰 점수 차로 승리를 거두었기에 타선도 걱정 없었다.

"그런데 정말 체력적인 문제는 없겠나?"

"문제없습니다. 다음 챔피언십 시리즈에 선발 등판할 때까지 쉬면 되니까요. 무엇보다 한국에서 주로 불펜으로 뛰었습니다. 이렇게 하루나 이틀 정도 거르고 던지는 것도 익숙합니다."

사람들이 간과한 점이 하나 있었다면 바로 이상진의 전적이었다.

그는 불펜으로 자주 뛰었고 2연투, 3연투를 밥 먹듯이 반복했던 경험이 있었다.

물론 4연투에 전천후로 뛰면서 혹사로 무너져 보기도 했지만 그때의 경험은 분명 이상진에게 남아 있었다.

'무엇보다 시스템으로 체력이 늘어난 게 도움이 됐지.'

새로 얻은 스킬로 무한에 가까운 체력을 얻은 상태였다.

60구의 페널티가 있다고 해도 이미 회복된 후였다.

그래서 한 번에 확실한 1승을 챙기기보다 자주 등판해서 약간 불확실해도 2승을 챙기기로 생각했다.

"이번 3차전에 끝낸다면 챔피언십 시리즈를 준비하기도 쉬울 겁니다. 그렇지 않나요?"

"그래. 그래서 내가 이 작전에 동의했고."

물론 불안 요소는 남아 있긴 했다.

지난번 1차전이야 이상진이 내려가기 전에 애틀란타의 주전이 대거 교체됐기에 투수 교체를 단행할 수 있었다.

하지만 만약의 경우 역전당했다면 자신에게 돌아올 비난은 어마어마했을 것이다.

"감독님."

자리에서 일어나면서 상진은 나직이 말했다.

"저는 월드시리즈를 우승하고 싶습니다."

"그건 나도 마찬가지다."

"그러니까 이런저런 이야기는 뒤로 미루죠."

감독실 문을 나가려던 상진은 뒤를 돌아보면서 싱긋 웃었다.

"모든 건 우승을 한 이후에 이야기하는 겁니다."

*   *   *

디비전 시리즈 3차전을 리글리 필드에서 맞이한 애틀란타 브레이브스는 초상집 분위기였다.

상대의 선발투수는 아무리 용을 써도 이기기 힘든 이상진.

그리고 하필이면 상대의 홈이었다.

이미 1, 2차전에서 패배한 애틀란타에게 탈락을 종용하듯 시카고 컵스의 압박은 어깨를 묵직하게 눌렀다.

"어마어마한 체력이야. 고작 이틀 쉬고 던지는데 이 정도의 위력이라니."

101마일이라는 숫자를 보며 브라이언 감독은 고개를 저었다. 100마일이라는 무시무시한 구속을 뛰어넘고 RPM(분당 회전수)만 2,700에 달하는 포심 패스트볼.

그것도 모자라서 면도날보다 예리한 슬라이더와 언제 어떻게 꺾일지 모르는 투심 패스트볼과 컷 패스트볼.

무엇보다 자유자재로 조절하며 심하면 88마일까지 떨어지는 포심의 구속은 체인지업으로 타자를 속이기에 충분했다.

"후우, 도저히 안 되겠어."

브라이언 스니커 감독은 망연자실한 표정이었다.

이상진이 내려간 건 3회가 끝난 후였다.

고작 3이닝만 던지고 내려갔지만 이미 타순은 한 바퀴 돌아 있었고 타자들의 기세는 꺾여 버린 지 오래였다.

이상진이 짓밟고 지나간 타자들에게선 생기를 찾아볼 수 없었다.

시카고 컵스는 본래 등판해야 했던 카일 핸드릭스를 4회부터 투입했다.

하지만 애틀란타의 타자들은 카일 핸드릭스조차 제대로 공략하지 못했다.

이미 2패를 당한 시점에서 이상진에 의해 오늘 9이닝 중 3분의 1을 빼앗겼다.

댄스비 스완슨도, 로날드 야쿠냐 주니어도, 프레디 프리먼도.

그 누구도 제대로 된 스윙을 하지 못한 채 경기는 후반부로 진입했다.

"이제 이겼네요."

"낙관하지 마라. 메이저리그는 언제 어떻게 역전될지 모르는 곳이다."

상대 팀의 사기가 꺾일 대로 꺾였지만 데이비드 로스 감독은 긴장의 끈을 놓지 않았다.

시즌 중에도 몇 번이나 역전당했던 경험이 그의 신경을 곤두세우고 있었다.

"다들 안심하지 마라. 역전패는 마음을 놓았을 때 벌어지는 일이다. 다들 마지막의 마지막까지, 승리를 위해 최선을 다하도록."

시카고 컵스의 2016년 우승 당시 벤치에서 선수단을 다잡았던 최선참은 어느새 감독이 되어 벤치를 지휘하고 있었다.

데이비드 로스의 모습을 보면서 존 레스터는 흐뭇한 미소를 지었다.

당시 자신의 전담 포수였던 그가 이렇게 감독 1년 차에 대성공을 거두는 게 자랑스럽기도 하고 부럽기도 했다.

"아웃!"

그렇게 경기는 시카고 컵스가 압도적인 힘으로 끝내 버렸다.

선수단이 단체로 이상진을 들고 헹가래를 치는 사이 애틀란타의 선수들은 어깨를 늘어뜨리고 하나둘씩 짐을 쌌다.

승자와 패자.

그 명암이 확실히 엇갈리는 순간이었다.

—시카고 컵스가 챔피언십 시리즈로 진출합니다!

—이상진의 맹활약에 힘입어 애틀란타를 기선 제압한 시카고 컵스! 3년 만에 다시 챔피언십 시리즈에 발을 딛습니다!

세인트루이스 카디널스.

여러모로 유명하고 컵스와는 라이벌로 유명했지만 그들을 부르는 다른 말은 가을 좀비였다.

어떻게 해서든 포스트시즌을 치르는 질긴 승부사였다.

—토니 스미스의 홈런! 만루 홈런입니다!

—토니 스미스가 3점 차로 뒤졌던 점수 차를 단번에 뒤집습니다!

—끝내기 홈런이 나왔습니다! 세인트루이스 카디널스가 디

비전 시리즈 5차전까지 승부를 끌고 나갑니다!

　휴게실에 마련된 커다란 스크린으로 중계를 보고 있던 시카고 컵스의 선수들은 슬슬 자리에서 일어났다.

　그리고 한참이나 먹던 팝콘과 버터구이 오징어, 그리고 핫도그의 잔해를 치우기 시작했다.

　그중에 단연 돋보이는 양을 먹은 건 바로 이상진이었다.

　"거기 남은 거 있으면 좀 줘 봐."

　"이제 그만 처먹어라. 그렇게 먹고도 아직 들어가냐?"

　"들어가니까 먹지."

　아직도 핫도그를 우물거리면서도 상진은 기분이 개운했다.

　누가 올라오든 간에 상대 쪽 시리즈가 5차전까지 갔다는 건 환영할 만한 일이었다.

　이쪽은 3차전에서 끝냈기에 체력적으로 여유가 있었다.

　그에 비해 저쪽 사이드에서는 누가 올라오든지 5차전까지 치른 여파가 분명 남아 있을 것이다.

　시카고 컵스의 월드시리즈 진출에 청신호였다.

　"토니 스미스가 한 건 해 주는구먼."

　또다시 토니를 들먹이자 상진의 표정이 슬쩍 일그러졌다.

　"하아, 나 그놈 올라오는 거 정말 싫은데."

　"우리도 마찬가지야. 그런데 메이저리그 사무국에서는 카디널스가 올라가길 바랄걸?"

"챔피언십 시리즈도 라이벌전으로 치르자고? 미쳤네, 미쳤어. 라이벌전 벌이는 건 시즌 마지막 3연전만으로 충분해."

한 달 동안 7번이나 만나서 경기할 정도로 지긋지긋한 상대였다.

특히 질기도록 물고 늘어지는 토니 스미스는 짜증을 넘어서서 혐오스러울 정도였다.

잡아도 잡아도 어디선가 나타나는 바퀴벌레 같았다.

"LA 다저스가 올라와도 골치 아프긴 마찬가지 아닐까?"

"그거야 그렇지만 지금 상황에서 어느 팀이건 골치 아프긴 매한가지겠지. 그런데 아메리칸리그는 어떻게 됐냐?"

그제야 다들 물러나던 걸 멈추고 다른 채널을 돌려 보기 시작했다.

아메리칸리그의 디비전 시리즈는 작년과 조금 다른 양상이었다.

오클랜드에게 작년의 복수를 한 템파베이 레이스가 2승 2패를 거두며 뉴욕 양키스를 끈질기게 물고 늘어졌다.

그리고 다른 한쪽도 접전이었다.

미네소타 트윈스와 휴스턴 애스트로스의 경기가 막 연장 12회로 넘어가고 있었다.

"여기에서 휴스턴이 이기면 3승 1패로 올라가는 건가?"

"쳇, 저 빌어먹을 자식들은 무슨 운발로 올라가나 몰라. 올해도 사인을 훔쳤겠지?"

그만큼 메이저리거들이 갖고 있는 휴스턴 애스트로스에 대한 감정은 최악이었다.

그들이 기록한 사인 훔치기는 역대 사건들 중에 가장 추악한 스캔들이었다.

정정당당한 승부를 하지 않고 편법으로 차지한 우승을 박탈해야 한다는 의견도 많았다.

물론 박탈되지는 않았지만 몇몇 팬 사이트에서는 그들의 우승 기록에 불법 약물 사용자와 마찬가지로 * 표시를 하기도 했다.

"어찌 됐든 뉴욕 양키스나 휴스턴이 올라온다고 생각해 두는 게 편하겠어."

"그거야 그렇겠지. 템파베이나 미네소타보다는 두 팀의 전력이 강하니까."

악의 제국으로 불리는 뉴욕 양키스나 요 몇 년간 최전성기를 달리는 휴스턴 애스트로스.

아무리 사인 훔치기로 비난을 받았더라도 그들은 올해도 지구 우승을 차지하고 포스트시즌을 치르고 있었다.

"난 차라리 쟤네가 월드시리즈에 올라왔으면 좋겠어."

"왜? 직접 짓밟게?"

조나단의 말에 피식 웃은 상진은 고개를 끄덕였다.

"어디 나한테도 사인을 훔쳐 보라고 하고 싶어."

＊   ＊   ＊

아메리칸리그 챔피언십에 나가는 한 자리는 결국 휴스턴 애스트로스로 결정됐다.

그리고 다음 날 이어진 건 LA 다저스와 세인트루이스 카디널스의 경기였다.

훈련을 마치고 경기 중계를 보던 상진은 헛웃음을 지었다.

"다저스가 나름 머리를 썼네."

"머리를 쓰긴. 너를 따라 한 거잖아."

영호는 투덜거리면서 치킨과 과자를 가지고 상진의 옆에 털썩 앉았다. 푹신한 소파는 편안하게 야구 경기를 보는 데 안성맞춤이었다.

"맥주는?"

"시즌 끝나고서요."

"그러면 콜라나 먹어라."

영호가 건네준 콜라를 마시면서 상진은 텔레비전을 뚫어져라 응시했다.

그곳에는 볼넷을 얻어 내고 1루를 향해 나가는 토니 스미스가 있었다.

"설마하니 토니 스미스를 거를 줄이야."

"다저스도 생각보다 급했나 보죠. 잡는 게 아니라 그대로 거르는 게 토니 스미스라는 최대의 위험 요소를 확실하게 없애는 가장 빠른 방법이니까요."

메이저리그 3할 9푼이라는 타율은 허상이 아니다.

난다 긴다 하는 메이저리그의 투수들을 상대로 만들어 낸 타율이었다.

그나마도 상진 자신에게 단 하나의 안타도 쳐 내지 못하면서 만들어 낸 타율이다.

자신을 물고 늘어지는 게 아니라면 존중해 줄 만한 기록이었다.

"그대로 끝나네."

"다저스는 강하니까요."

경기는 매우 스무스하게 흘러갔다.

선발로 등판한 클레이튼 커쇼는 가을에 망가진다는 과거는 떨쳐 버리고 호투를 이어 나갔다.

지구 우승을 확정 지은 커쇼는 몇 차례나 선발 로테이션을 거르며 체력을 회복했다.

이것이 모두 월드시리즈 우승을 위한 로버츠 감독의 승부수이자 개인 기록까지 포기한 커쇼의 집념이었다.

"커쇼도 이제 더 나이를 먹기 전에 우승을 해 보려는 생각인가 보네요."

"그거야 그렇겠지. 몇 년이나 월드시리즈에서 우승해 보지 못했으니까."

"작년의 참패도 잊지 못하겠죠."

LA 다저스는 작년 디비전 시리즈에서 만난 워싱턴 내셔널스에게 2승 3패로 패하여 허무하게 포스트시즌을 마무리해야 했다.

*   *   *

지구에서 100승을 넘기고 정규 시즌을 우승했으나 포스트시즌에서 폭망하는 건 이제 공식이 되고 말았다.

'승기는 잡았다.'

로버츠 감독도 스탠 카스텐 회장과 프리드먼 사장의 지지가 마지막임을 직감하고 있었다.

이 이상 포스트시즌, 더 나아가 월드시리즈에서 실패를 맛볼 수는 없었다.

그는 식은땀을 닦으며 안도의 한숨을 내쉬었다.

이닝이 지나가면서 점수 차는 조금씩 벌어졌다.

토니 스미스가 공격의 중심이라는 건 알고 있었다.

하지만 이렇게 노골적으로 피하는 것만은 지양하고 싶었다.

"스트라이크! 타자 아웃!"

커쇼가 6회도 무난하게 소화하자 가슴을 쓸어내린 로버츠 감독은 다음 불펜 투수를 준비했다.

이번만큼은 우승하기 위해서라도 갖은 수단을 다 써야 했다.

그리고 또다시 토니 스미스가 타석에 들어섰다.

첫 타석과 두 번째 타석 모두 볼넷으로 출루한 그의 표정은 썩 좋지 않았다.

'어쩔 수 없지.'

이번에는 고의 사구 사인을 내지 않았다.

이미 3 대 0으로 차이가 벌어져 있었고 누상에 나가 있는 주자도 없었다.

정면 승부를 해도 나쁠 건 없었다.

하지만 언제나 그렇듯 예상외의 상황은 벌어지게 마련이었다.

─쭉쭉 뻗어 나갑니다! 2층 담장 위로 넘어가는 솔로 홈런! 토니 스미스의 큼지막한 홈런에 좌측 담장을 넘어갑니다!

─엄청나군요! 어째서 로버츠 감독이 2번 연속으로 출루시켰는지 알 수 있는 스윙입니다!

─세인트루이스 카디널스가 1점을 추가하며 다저스를 추격합니다!

한순간의 오판이었다.

1점을 추격당하면서 경기장의 분위기가 단숨에 달라졌다.

얼굴이 하얘진 로버츠 감독은 마운드 위에 서 있는 커쇼를 바라봤다.

"교체할까요?"

"일단은 두고 보지."

누가 뭐라고 해도 다저스의 1선발이자 에이스는 커쇼였다.

멘탈을 다시 붙들어 매고 경기에 임하는 것도 에이스가 해야 할 일이었다.

다행스럽게도 뒤이어 타석에 오른 폴 골드슈미트를 플라이 아웃으로 처리하며 이닝을 끝내는 데 성공했다.

마운드에서 내려오는 커쇼를 보며 로버츠 감독은 안도의 한숨을 내쉬었다.

그리고 중계로 지켜보던 이상진은 고개를 흔들었다.

"이걸로 카디널스는 끝이네요."

상진은 콜라와 치킨을 쉴 새 없이 먹으면서도 아주 자연스럽게 퉁명스러운 말을 내뱉었다.

그 말에 의문을 품은 영호는 반문했다.

"아직 경기는 안 끝났는데?"

"다저스의 불펜진은 작년보다 월등히 좋아졌어요. 시즌 중간에 한 트레이드 덕분이겠죠. 카디널스가 공략을 할 수 있다면 모르겠지만 데이터상으로는 거의 불가능할 거예요."

"토니 스미스는?"

영호가 아직 경기의 흐름을 제대로 읽지 못하는, 야구 선수가 아닌 부외자였기에 할 수 있는 질문이었다.

그리고 상진의 입장에서는 우문이었다.

"커쇼가 이미 한 방 얻어맞았어요. 로버츠 감독이 그 이상의 위험부담을 감수할 리 없죠."

"그러면 어떻게 될까?"

"어떻게 되긴요."

상진은 싱긋 웃으며 닭다리를 한 입에 쪽 빨아먹었다.

입 안에 한 번 들어갔다 나온 닭다리는 뼈만 남아 있었다.

"출루한 토니는 무리해서 도루를 시도하겠죠. 성공한다면 2루에 주자가 가는 셈이 되겠지만."

이번 시즌의 데이터.

특히 토니 스미스가 어떤 행보를 보여 왔는지 누구보다 잘 아는 상진은 결과가 손을 들여다보듯 훤히 보였다.

"과연 그 도루의 결과는 어떨까요?"

*   *   *

경기는 결국 상진이 예상했던 대로 LA 다저스의 승리로 끝났다.

그리고 토니 스미스의 운명도 마찬가지였다.

"으아아아!"

토니는 벤치에 들어와 울음을 터뜨렸다.

8회 타석에 들어선 토니는 볼넷을 얻어 1루로 출루하게 되자 도루를 시도했다.

하지만 윌 스미스의 도루 저지에 허무하게 아웃카운트를 늘렸다.

그것으로 끝.

세인트루이스 카디널스의 가을은 여기에서 끝났다.

그리고 이상진과 시카고 컵스의 챔피언십 시리즈 상대가 LA 다저스로 결정됐다.

"흐아아암, 늘어지네."

"저쪽은 5차전까지 했는데 우리는 3차전에서 끝내고 쉬었으니 그렇지."

상진은 늘어져라 하품을 하는 조나단에게 핀잔을 주고 다시 공을 던졌다.

커다란 호를 그리며 날아간 공은 상대를 해 주던 호세 퀸타나의 글러브로 빨려 들어갔다.

80미터 가까이 떨어져 있음에도 매우 정확한 송구였다.

"그리고 커쇼의 소모가 생각보다 크다는 것도 성과야."

디비전 시리즈 1차전과 5차전 선발로 연이어 등판한 클레이튼 커쇼는 챔피언십 시리즈의 등판에 제약이 생겼다.

물론 무리한다면 등판하지 못할 이유는 없다.

하지만 그는 가을만 되면 정규 시즌 때의 모습은 온데간데없이 바보가 되어 버렸었다.

올해는 아직 괜찮지만 계속 무리한다면 어떻게 될지 아무도 몰랐다.

"다만 불만스러운 건 역시 일정이야."

"왜?"

"쟤네 홈부터 시작이잖아."

"규정이 그런 걸 어떡하냐. 어찌 됐든 간에 우리가 이기면 되잖아?"

챔피언십 시리즈는 기존에 승률이 높았던 팀이 홈 우선권을 가져간다.

그래서 LA 다저스가 1, 2, 6, 7차전에서 홈팀으로 경기하게 되며 시카고 컵스는 3, 4, 5차전에서 홈경기를 하게 된다.

"그나저나 다저스가 상대라니 조금은 불안하네."

"내가 있는데도?"

"네가 나오는 경기는 승리하겠지. 1, 4, 7차전에 나와서 완봉승 하면 남은 투수가 1승만 거두면 되겠네."

단순한 계산이긴 해도 명쾌한 해답이었다.

그리고 예전에 들었던 말과도 일맥상통하는 말이었다.

야구는 혼자 하는 게 아닌, 팀 게임이었다.

이상진이 아무리 난다 긴다 해도 팀 전체를 홀로 짊어질 수는 없었다.

"뭐, 이 이상 무리한다고 해도 아마 반대가 심하겠지."

"디비전 시리즈에서 했던 운영법은 아무래도 변칙이니까."

"하지만 이대로 물러설 수도 없지."

조나단 루크로이 역시 나이를 먹은 선수인 만큼 이상진의 말이 무슨 뜻인지 알고 있었다.

우승을 하려면 여력을 먼지 한 톨만큼도 남기지 않고 모두 쏟아 내야 한다.

"다저스같이 어떻게든 여력을 남기는 팀에게 질 수는 없지."

다들 방법이 있다고 한다

LA 다저스 선수단은 무척이나 긴장하고 있었다.

몇 년 동안이나 월드시리즈 우승에 도전했으나 전부 실패했다.

이번만큼은 실패할 수 없었다.

"준비는 됐나?"

"Yes, Sir!"

데이브 로버츠 감독의 목소리는 비장했다.

그에 대답하는 선수들의 목소리도 무척이나 긴장되어 있었다.

"드디어 여기까지 다시 올라왔다. 전부 고생이 많았다. 하지만 아직 끝난 건 아니다."

LA 다저스에게 있어 이미 떨어진 세인트루이스 카디널스는 안중에도 없었다.

오로지 챔피언십 시리즈에서 승리하고 최종 우승을 위해 월드시리즈로 간다.

그 과정에서 버티고 있는 시카고 컵스만이 유일한 관심사였다.

시카고 컵스는 3차전에서 디비전 시리즈를 끝내 버렸다.

그들의 1선발이자 최강 최악의 투수인 이상진이 첫 경기에 나서는 건 기정사실이었다.

그에 비해 이쪽의 1선발인 클레이튼 커쇼는 바로 출전하지 못하게 됐다.

"챔피언십 시리즈에서 승리를 거두고 월드시리즈에 나가자!"

"와아아아!"

선수들은 함성을 지르고는 다시 훈련에 열중하기 시작했다.

하지만 그에 비해 코치들의 표정은 썩 좋지 않았다.

바로 오늘 선발투수 때문이었다.

"정말 통할까요?"

LA 다저스는 이상진의 데이터를 전부 수집했고 선수들에게 최대한 관찰을 해 보도록 지시했다.

하지만 그래도 여전히 불안했다.

"통하지 않으면 그 경기를 버리는 수밖에 없지."

데이브 로버츠 감독은 생각 외로 담담했다.

"이상진이 7차전까지 세 번 등판한다면 우리는 남은 네 경기를 전부 잡는다. 그것뿐이야."

이상진이 올라오면 점수를 낼 수 없다.

이상진이 올라온다면 십중팔구 패하게 된다.

패배가 기정사실이 된다면 차라리 이길 수 있는 경기에 집중해서 월드시리즈로 올라간다.

그게 LA 다저스가 선택할 수 있는 최선이었다.

"그나저나 참 자존심이 상하네."

"단 한 명의 투수 때문에 이런 식으로 회의까지 해야 하다니."

그와 별개로 LA 다저스의 코칭스태프들은 자존심이 무척이나 상해 있었다.

그들은 내셔널리그 최고 승률 팀이자 서부 지구의 우승 팀이었다.

그 일원이란 사실에 자부심을 가지고 있었고 메이저리그 최고의 팀이라 여겼다.

하지만 이상진이라는 일개 투수 하나가 그 자부심을 짓밟으려고 하고 있었다.

"치욕적인 일이야. 하지만 첫 경기부터 피하면 체면이 서지 않지."

다저스에 소속된 선수와 코치들은 그 누가 앞을 가로막는다고 해도 이길 수 있다는 자신감을 갖고 있었다.

그것은 메이저리그에 등장한 사상 초유의 0점대 평균 자책점을 기록한 투수라고 해도 다르지 않았다.

그들은 정면으로 싸울 생각이었다.

"그나저나 데이터만으로 보면 정말 이 정도로 답이 없는 투수가 있나 싶네요."

"메이저리그에 전무후무한 자연재해 같은 투수지."

오죽하면 메이저리그를 다루는 스포츠 언론사들은 전부 이상진을 자연재해라고 말했다.

로버츠는 그 말을 들었을 때 무척이나 핵심을 찌른다고 생각했다.

그 누구도 막을 수 없고 압도적인 힘을 가지고 있다.

사람의 힘으로는 막을 수 없는 자연재해라는 말이 딱 들어맞았다.

"야구는 점수를 내주지 않으면 지지 않는 게임이지."

그건 비단 이상진에게만 적용되는 말이 아니었다.

LA 다저스도 좋은 선발과 괜찮은 불펜진을 갖추고 있는 만큼 투수 교체를 통한 장기전은 익숙했다.

기존의 중간 계투들이 연투를 밥 먹듯이 했던 작년과 재작년의 실수를 반복할 수는 없었다.

그래서 시즌 후반에 우승을 확정 지은 다음에는 마이너리그에 있는 좋은 불펜진을 수혈해서 기존 불펜진의 피로를 회복할 시간을 벌었다.

올해는 그 어느 때보다도 완벽한 LA 다저스였다.

"이번에야말로 월드시리즈 우승을 거머쥐어 보자."

자신은 틀리지 않았다.

데이브 로버츠는 그것을 증명하기 위해 이번 시즌에도 남아 있었다.

그걸 증명하지 못한다면 아마 내년에는 다른 곳을 알아봐야 할 것이다.

그런 위기감 때문에 그는 아무도 모르게 손에 땀을 쥐고 있었다.

*　　　　*　　　　*

"스트라이크! 타자 아아아아아아아아웃!"

1회를 삼진 세 개로 끝내 버린 이상진은 담담한 표정으로 마운드에서 내려갔다.

다저스타디움에 모인 만원 관중은 그런 그를 보면서 어떤 야유도 보내지 못했다.

"우리 타선을 이렇게까지 물 먹일 수 있는 투수라니."

"지난번에 상대했을 때보다 더 강해진 것 같습니다."

1회는 순식간에 끝났지만 아직 경기는 8이닝이나 남아 있었다.

"그래도 상정 범위 내야."

그래서 지난번 경기를 버리다시피 헌납해 주었다.

이상진이 중간에 눈치채고 마운드에서 내려가지만 않았다면 좀 더 많은 데이터를 수집할 수 있었을 텐데.

왠지 아쉬운 마음에 입맛을 다신 로버츠 감독은 수비를 하기 위해 올라가는 선수들을 바라봤다.

"이상진에 대한 준비는 아무리 해도 부족했는데."

"하지만 그래도 정면으로 승부하길 원하셨잖습니까?"

마크 프라이어 투수 코치의 말에 로버츠 감독은 고개를 끄덕였다.

그들은 올해 108승을 거둔 메이저리그 최고의 팀이었다.

이상진과 정면 대결을 하지 않을 이유는 그 어디에도 없었다.

"솔직히 무섭기는 하지."

"아무도 쓰러뜨린 적이 없는 투수니까요."

"그런 투수를 우리 손으로 무너뜨린다는 생각에 두근거리고 있다네."

미스터리부터 시작해서 퍼펙트 피처 등등.

그리고 이제는 마왕이라고까지 불리는 투수가 바로 이상진이었다.

개중에는 LA 다저스가 이상진을 무너뜨리길 원하는 사람도 부지기수였다.

"그럼 2회부터 시작하도록 하지."

1회는 그것을 확인하기 위한 마지막 절차였을 뿐.

이상진을 잡기 위한 준비는 이미 끝났다.

"마왕 사냥을."

＊   ＊   ＊

"파울!"

2회에 등판한 상진은 고개를 갸웃거렸다.

방금 전에 던진 투심 패스트볼은 97마일을 기록하며 타자의 몸 쪽으로 날아갔다.

평소라면 기겁하며 제대로 걸어 내지 못해야 했다.

그런데 마치 예상했다는 듯이 배트가 앞으로 나왔다.

더 어처구니없는 건 파울선상으로 빠지는 게 아닌, 커다란 호를 그리며 날아갔단 사실이었다.

'뭐지?'

그 1구만으로 무키 베츠가 방금 전에 던진 공을 노리고 쳤단 사실을 깨달았다.

하지만 상진이 궁금한 건 그게 아니었다.

어떻게 무키 베츠가 자신의 공을 예측했느냐였다.

'패턴? 아니면 버릇? 그럴 리는 없는데.'

뭔가 기분이 썩 좋지 않았다.

어딘가 모르게 불안감과 초조함이 엄습해 왔다.

이건 이성적인 게 아니라 본능적인 경고였다.

한참 동안이나 쓰이지 않은 본능이 이상진에게 맹렬한 경고를 날리고 있었다.

'내가 뭔가 두려워하고 있다고?'

순간 울컥했던 상진은 조용히 마음을 다잡았다.

지금 이건 상황이 잘못됐다거나 자존심을 운운할 때가 아니었다.

이성적으로 생각하는 것보다 몸으로 느끼는 게 확실할 때가 있다.

지금이 바로 그때였다.

"네가 웬일로 나를 불러? 불안했냐?"

여태까지 이상진이 자신을 먼저 부른 적은 드물었다.

그래서 조나단은 살짝 의기양양한 표정이었다.

"불안했냐고 묻는 걸 보니 너도 알아챘나 보네?"

"저렇게 제대로 걷어낼 정도라면 나 정도의 베테랑 포수가 아니라 초짜 포수라도 알아채겠지."

"베테랑 포수 같은 소릴 하네."

피식 웃으면서도 이상진의 표정은 상당히 굳어 있었다.

"패턴이 읽힌 걸까?"

"아주 사소한 버릇 같은 게 읽힌 걸 수도 있어."

상진에게 있어서 패턴은 여러 종류가 있고 투구 동작에서 어떤 구종인지 알아챌 수 있는 버릇도 메이저리그에 오며 거의 다 교정했다.

하지만 누구라도 완벽해질 수는 없는 법.

자신이나 시카고 컵스가 알아낼 수 없는 무언가를 LA 다저스에서 알아냈을지도 몰랐다.

"그래서 어떻게 하고 싶은데? 패턴을 바꾸게? 몇 번째로 바꿀래? 기왕 바꾸는 거 사인도 바꾸자."

"오늘따라 웬일로 말이 그렇게 많아?"

"챔피언십이니까."

조나단 루크로이, 그는 올해로 1986년생으로 올해 33살인 노장 포수였다.

이렇게 가을에 포스트시즌을 즐길 수 있는 것만으로 ·행복을 느낄 수 있는 경력이 되기도 했다.

그래서 지금 이곳에 있다는 것만으로, 경기에 출전하고 있다는 사실만으로 즐거웠다.

"오늘은 조금 다르게 가자."

"오! 어떤 식으로?"

이상진도 승부수를 던졌다.

*   *   *

심판이 제지를 할 정도로 논의를 한 끝에 조나단은 마운드에서 내려갔다.

한참이나 기다려야 했던 무키 베츠는 투덜거리면서 배트를 다시 쥐었다.

"헤이, 수다 떨러 갔다 온 거야?"

"왜? 너도 끼고 싶었어?"

"오우, 리하고는 나도 재미있는 이야기를 하고 싶었지. 내가 널 상대해서 홈런을 칠 수 있다는 것 정도?"

조나단은 대꾸하지 않았고 무키 베츠 역시 별다른 말을 하지 않았다.

이상진이 투구를 하려고 발을 들어 올리고 있었다.

"스트라이크!"

"흡?"

베츠는 방금 전에 들어온 공에 순간적으로 숨을 들이켰다.

벤치에서 온 사인대로라면 지금 들어올 공은 포심 패스트볼.

그것도 몸 쪽으로 꽉 차게 들어왔어야 했다.

몸 쪽을 적극적으로 공략한다는 게 이상진의 패턴 중 하나였다.

그래서 골반과 발목을 최대한 이용하며 순간적인 스윙으로 공을 걷어 내려고 했다.

하지만 그게 마음대로 되지 않았다.

'바깥쪽으로 빠져나가는 슬라이더라고?'

자신은 메이저리그 최고의 5툴 플레이어라는 말을 들을 정도의 선수였다.

그래서 지난번에 엿 먹었던 걸 잊지 않았으며 어떻게든 갚아 주려고 눈을 부릅뜨며 공을 노렸다.

그런데 이상진의 패턴이 한순간에 변했다.

"파울!"

3구째는 어떻게든 걷어 내 보긴 했지만 아까와는 전혀 달랐다.

빗맞은 타구는 3루 쪽 파울라인 바깥을 힘없이 데굴데굴 굴러갔다.

벤치를 흘끗 바라보니 당황한 기색이 역력했다.

"뭐지? 초구는 맞혔는데?"

"우연이 아니었을까요?"

다저스에서 정리한 데이터에는 작년부터 올해까지 이상진에 대한 모든 것이 총망라되어 있었다.

이상진이 가진 패턴에 따라 만들어지는 각 투구별 구사 비율과 코스들을 조사해서 그가 가진 패턴 13가지를 전부 알아냈다.

그런데 방금 전의 투구는 전혀 달랐다.

"슬라이더, 체인지업, 그리고 다시 이어지는 슬라이더."

"이건 포심 패스트볼의 구속과 구위를 최대한 이용하던 이상진과는 전혀 다른 패턴입니다."

"커쇼 때 던졌던 패턴인 걸까?"

커쇼 때도 포심과 슬라이더 위주로 투구를 했었다.

구속을 늘이거나 줄이거나 하며 타자를 농락하는 투구법은 이상진의 트레이드 마크와도 같았다.

방금 전처럼 이상진의 투구에서 포심 패스트볼이 빠졌던 적은 단 한 번도 없었다.

"스트라이크! 타자 아웃!"

무키 베츠를 삼진으로 물러나게 만든 공 역시 변화구였다.

포심 패스트볼이나 변형 패스트볼을 더 던지지 않았다.

그 이후로도 마찬가지였다.

벤치의 사인을 무시한 코디 벨린저는 7구까지 가는 승부를 벌였으나 기습적으로 날아온 포심 패스트볼에 아웃을 헌납해야 했다.

그 뒤를 이은 코리 시거 역시 어찌저찌 커트해 내는 데는 성공했으나 땅볼로 물러나야 했다.

"슬라이더와 체인지업이라니. 이상진이 수준급 투수인 건 알지만 너무 노골적으로 변화구 위주인데?"

그때 데이브 로버츠 감독은 뭔가 이상하다는 사실을 깨달았다.

이상진은 1회까지만 해도 포수가 보내는 사인에 열심히 고개를 가로젓고 끄덕이며 의견을 주고받았었다.

그런데 2회부터 5회가 된 지금까지 고개를 젓는 모습이 단 한 번도 없었다.

포수가 사인을 보내면 그걸 그대로 던졌다.

"설마 조나단 루크로이의 리드대로만 던지고 있는 거라고?"

메이저리그에 와서 상진은 단 한 번도 포수의 리드에 순순히 따른 적이 없었다.

물론 그날그날 공을 어떻게 던질지, 혹은 어떤 구종을 어떻게, 그리고 얼마나 던질지에 대한 패턴은 자주 의견을 주고받았다.

하지만 그건 서로의 의견을 주고받고 조율했던 것일 뿐, 전담 포수인 조나단 루크로이의 리드에 전적으로 의존했던 적은 드물었다.

"아웃!"

스트라이크로 삼진을 잡지 못하더라도 조나단의 리드는 땅볼을 유도하는 데 최적화되어 있었다.

덕분에 내야수들은 오랜만에 이리 뛰고 저리 뛰며 굴러오는 공들을 처리해야 했다.

그 와중에도 삼진은 이닝당 하나씩 튀어나왔다.

"스트라이크! 타자 아웃!"

조나단 루크로이는 밀워키 브루어스에서 2010년 메이저리그 업업 된 이후 벌써 11년째 활약 중인 포수였다.

프레이밍뿐만 아니라 다년간에 걸친 경험 덕분에 투수를 리드하는 것도 베테랑이라 해도 부족함 없었다.

"스트라이크!"

"이게 스트라이크라고?"

다저스의 포수 윌 스미스는 볼로 확인하고 배트를 휘두르지 않았다.

그런데 아주 자연스럽게 스트라이크존 안으로 옮겨간 공에 심판은 스트라이크로 선언을 했다.

"스트라이크. 왜, 불만 있나?"

"분명히 코스는 볼이었다고! 아까부터 다른 타자들도 이상하게 잡아 주는데 왜 그러는 거야!"

가뜩이나 이상진을 상대하는데 볼인 공이 스트라이크로 처리되니 열받지 않을 수가 없었다.

하지만 이건 전부 조나단의 힘이었다.

한창 때 장점으로 꼽혔던 프레이밍은 이상진을 만나며 다시 부활했다.

그의 말대로 도루 따윈 신경 쓰지 않아도 되는 플레이에 그는 오로지 공을 받는 데만 열중할 수 있었다.

그는 올 시즌 도루 저지가 손 하나를 펴지도 못할 정도로 적은 포수였지만 리그 최고의 투수와 호흡을 맞추고 있었다.

"쉿!"

눈깔이 삐었냐는 말이 목구멍까지 튀어나왔지만 윌 스미스는 그걸 간신히 참았다.

챔피언십 시리즈 1차전부터 이런 식으로 분위기를 망가뜨리고 싶지는 않았다.

그리고 그들은 0 대 0으로 팽팽한 승부를 이어 가고 있었다.

아직 3회밖에 되지 않은 상황에서 괜히 심판과 으르렁거릴 필요도 없었다.

"스트라이크! 타자 아웃!"

윌 스미스는 씩씩거리면서 벤치로 돌아왔다.

그리고 다른 타자들이 어깨를 두드리자 그제야 분을 터뜨렸다.

"젠장! 저게 어떻게 스트라이크냐고!"

"원래대로라면 볼이 됐겠지. 하지만 프레이밍이 좋았어."

"그건 나도 안다고! 그래도 눈깔이 삔 게 아니라면 좀 제대로 처봐야지!"

씩씩거리면서도 윌 스미스 역시 조나단의 프레이밍을 인정하고 있었다.

대체 어느새 회복한 건지는 알 수 없었지만 2013년 전성기 때 못지않은 프레이밍이었다.

하지만 그들은 LA 다저스였다.

"조나단 루크로이에 대한 자료는?"

"이 안에 있기는 했습니다. 그리고 데이터도 얼추 맞더군요."

다저스의 코칭스태프가 경기가 시작하기 전 벤치로 갖고 들어왔던 데이터 중에는 조나단의 데이터도 있었다.

하도 꺼내 보지 않아 자료 위에 살포시 앉아 있는 먼지를 툭툭 털어 내며 찾아낸 조나단의 투수 리드 자료를 확인한 순간.

전혀 뜻밖의 일이 벌어졌다.

"어?"

지금 미트를 향해 날아간 공은 포심 패스트볼이었다.

2회부터 온데간데없이 자취를 감췄던 포심 패스트볼이 5회가 되어서야 갑자기 등장했다.

조나단이 이상진을 리드하고 있다고 생각한 시점에서 갑자기 패턴이 바뀐 것이었다.

이번에는 이상진의 패턴이었다.

"스트라이크!"

파아앙!

경쾌한 소리와 함께 미트를 파고든 패스트볼은 101마일을 기록했다.

그리고 그다음에 이어진 패스트볼은 91마일까지 떨어졌다.

똑같은 포심 패스트볼임에도 구속을 자유자재로 던지고 있었다.

"스트라이크! 타자 아웃!"

게다가 이닝을 끝내는 마지막 공은 사이드암 투구였다.

요 근래 잘 보이지 않던 이상진의 사이드암 투구가 또다시 등장했다.

"언더 핸드에 가까울 정도로 낮은 각도로 던지다니."

"스리쿼터 투구도 힘든데 저런 식이라면 아예 치지 말라는 거네요."

"100마일이 넘는 공은 어떤데? 젠장. 코스를 알아도 칠까 말까인데 저런 식이라면 야구 관둬야지!"

과거 랜디 존슨의 공을 떠올리게 만들 정도로 위력적인 패스트볼은 타자들이 감히 건드릴 엄두조차 내지 않았다.

완벽할 정도의 제구력을 등에 업은 패스트볼의 위력은 몇 배나 되었다.

게다가 조금 전까지 변화구 위주의 투구를 해 왔던 선수의 급격한 패턴 변화는 타자들이 적응하기 힘들었다.

"미칠 노릇이군."

"벌써 5회가 끝났습니다."

이상진을 공략하기 위한 방법을 몇 개나 만들어서 가져왔는데 전무 쓸모없게 됐다.

게다가 조나단 루크로이와 이상진의 조합이 만들어 낸 새로운 패턴은 전혀 예측할 수 없었다.

"스트라이크!"

슬라이더, 체인지업, 그리고 포심에 이어진 체인지업.

이상진이 갖고 있는 모든 무기를 스트라이크존 곳곳에 꽂아 넣는 모습은 전성기의 랜디 존슨, 그리고 그렉 매덕스 그 이상이었다.

"마치 레전드 투수들을 총집합해 놓은 듯한 모습이야."

"그런데 괜찮을까요?"

"뭐가 말인가?"

데이브 로버츠 감독은 코치의 말에 고개를 갸웃거렸다.

코치는 답답하단 표정으로 가슴을 치더니 한숨을 푹 내쉬었다.

"모르시면 됐습니다. 모르는 게 오히려 나을 수도 있겠군요."

"이야기를 꺼냈으면 확실하게 말하게. 대체 뭔가?"

코치는 잠시 망설이더니 다시 한번 한숨을 내쉬었다.

지금 상황이 마음에 들지 않기도 했고 무엇보다 팀의 무력함에 힘이 쭉 빠졌다.

"이상진은 오늘 단 한 번의 볼넷도, 안타도 허용하지 않았습니다."

*　　　　　*　　　　　*

벤치로 돌아온 상진의 눈은 무서울 정도로 빛나고 있었다.

"마치 야생동물을 보는 듯한 기분이야."

"직접 보신 적이 있습니까?"

"예전에 숲에서 퓨마와 마주친 적이 있었지. 지금도 생생한 기억이야. 온몸에 소름이 돋으면서 공포가 밀려오더군."

이상진은 마치 타자를 잡아먹을 듯이 무서운 눈빛을 뿜고 있었다.

데이비드 로스 감독은 짐승과 마주쳤던 기억을 떠올리며 지금의 상진과 비교해 봤다.

이상진이 훨씬 더 무시무시한 표정이었다.

"게다가 퍼펙트 중이라니."

이상진이라고 해도 타자를 출루시키는 일은 종종 있었다.

볼넷의 경우는 미친 듯한 제구력으로 거의 내주지 않았다.

투 볼 이상 넘어간 적이 드물었고 3개까지 내주는 것을 찾아보기도 힘들었다.

그래도 무볼넷 연속 신기록을 경신한 이후로는 부담이 사라졌는지 간혹 나오기도 했다.

안타도 던진 공이 빗맞아 행운의 안타가 되는 경우가 대부분이었다.

정타로 맞는 경우는 시즌 영상을 전부 뒤져 봐야 찾는 게 가능할 정도였다.

하지만 한 경기에 하나도 나오지 않는 경우는 거의 없었다.

"포스트시즌에서의 퍼펙트게임이라."

"거의 없는 기록 아니었나요?"

"월드시리즈에서 돈 라슨이 세운 퍼펙트게임이 처음이자 마지막이었지."

포스트시즌, 그것도 월드시리즈는 최고의 팀들만이 모여서 치르는 경기였다.

노히트노런은 물론 퍼펙트게임조차 나오기 힘들었다.

그걸 증명하는 게 바로 기록이었다.

야구는 기록의 스포츠이고 모든 기록을 총망라한다.

하지만 포스트시즌, 그것도 월드시리즈에서 퍼펙트게임이 나온 것은 1956년 돈 라슨 이전에도, 이후에도 없었다.

"유일무이한 기록이었지."

"그나마 10년 전에 로이 할러데이가 디비전 시리즈에서 노히트노런을 기록한 게 있긴 하네요."

잘하면 오늘 또 역사가 쓰여질지 모른다는 생각에 데이비드 로스 감독은 입을 꾹 다물었다.

어느새 시카고 컵스의 공격이 끝나고 다시 수비를 해야 하는 시간이 됐다.

6회 말 수비를 위해 나가는 선수들을 보며 그는 남몰래 주먹을 꽉 쥐었다.

*   *   *

"퍼펙트네."

"부담되냐?"

보통 퍼펙트게임, 혹은 노히트노런을 하고 있는 선수들에게 말을 거는 건 금기시되는 일이었다.

하지만 시카고 컵스 최고의 배터리인 이상진과 조나단의 경우는 달랐다.

"퍼펙트야 늘 눈앞에서 고꾸라지는 일이 다반사였잖냐?"

"그거야 그렇긴 하지."

"이제 와서 새삼스럽게 부담이다 아니다를 얘기하긴 좀 그렇지."

퍼펙트와 노히트의 경계에서 늘 왔다 갔다 했던 둘이었다.

이제 와서 볼넷이나 안타를 하나쯤 내준다고 해도 별다른 감정은 없었다.

그저 경기마다 공 하나하나에 온힘을 다해 던지는 것.

상진에게 야구 경기란 그저 공을 던지고 승리를 얻어 내는 일이었다.

"그럼 늘 하던 대로 하면 되겠지. 그런데 저쪽은 치고 싶어서 안달 난 표정인데?"

LA 다저스의 타자들은 자존심이 상할 대로 상했다.

언제나 메이저리그 최고의 팀이라고 생각했는데 오늘 자부심에 큰 상처를 입었다.

정규 시즌에서의 경기는 아무래도 좋았다.

그들은 오늘 이상진을 꼭 침몰시켜야 했다.

"치고 싶으면 치라지."

"그게 너답다. 그러면 시작해 볼까?"

6회 말, LA 다저스의 공격은 7번 타자부터 시작이었다.

유격수로 출전한 코리 시거가 이를 갈면서 등장하자 상진은 얼굴을 글러브로 가리고 미소 지었다.

불과 1~2년 전까지만 해도 똑바로 바라보기 힘든 선수들이었다.

코리 시거만이 아니라 메이저리그의 모든 선수가 그러했다.

자신은 그저 동양 변방의 나라에서 부상으로 허덕이며 쥐꼬리만 한 연봉을 받던 선수였고, 저들은 이미 꿈의 무대에서 하나의 별로 빛나던 선수들이었다.

그런데 지금은 달랐다.

"스트라이크! 타자 아웃!"

때로는 조나단의 리드에 따라, 때로는 자신의 생각에 따라 공을 던졌다.

"스트라이크! 타자 아웃!"

한 명씩, 한 명씩.

이상진의 손에 의해 아웃을 잡히며 타석에서 내려갔다.

1루수 앤서니 리조는 심심한 듯 하품을 하면서도 집중력을 잃지 않고 혹시 날아올지 모를 타구를 경계했다.

"아웃!"

아니나 다를까.

긴장을 다시 조이자마자 날아오는 타구를 엉겁결에 잡아

낸 앤서니 리조는 멋쩍게 웃으며 어깨를 으쓱했다.

그들에게도 퍼펙트게임을 달성한 일원이 된다는 사실이 무척이나 고무적이었다.

단 한순간도 집중력을 잃지 않았다.

데이브 로버츠 감독은 애타는 마음으로 경기를 지켜봤다.

대타를 내 보기도 했고 투수 교체도 해 보며 어떻게든 경기를 끌어나갔다.

하지만 8회 초에 내보낸 더스틴 메이가 점수를 내주며 상황은 돌이킬 수 없게 변했다.

이상진을 상대하면서 선취점을 내는 건 쉽지 않다.

하지만 선취점을 내주게 된다면 그걸 따라잡는 건 더더욱 쉽지 않았다.

"1차전은 그냥 포기하는 게 나았었나."

벌써 9회가 되었다.

단 하나의 안타도 쳐 내지 못하고 단 하나의 볼넷도 얻어 내지 못했다.

하지만 이상진은 땀 한 방울도 흘리지 않고 LA 다저스의 타선을 농락하고 있었다.

"대책을 세웠다고 생각한 게 잘못이었어."

그리고 마지막 9번의 자리에 대타로 들어간 가빈 럭스가 헛스윙을 하며 마지막 아웃카운트를 올리는 데 일조했다.

"스트라이크! 타자 아웃!"

총 5만 6천여 명이 입장해 있는 다저 스타디움.

이곳에 심판의 커다란 목소리가 울려 퍼진 순간 원정 팀 응원석 쪽에서 엄청난 함성이 터져 나왔다.

─이상진이 LA 다저스와의 챔피언십 시리즈 1차전에서 퍼펙트게임을 달성합니다!

─1956년 돈 라슨이 세웠던 포스트시즌 퍼펙트게임 이후 64년 만에 포스트시즌 퍼펙트게임이 만들어집니다!

─메이저리그에 새로운 기록이 또 하나 만들어졌습니다!

─엄청난 투수가 엄청난 기록을 세우며 메이저리그에 역사를 새기고 있습니다!

포스트시즌에서의 퍼펙트게임을 달성한 이상진은 두 팔을 활짝 펴고 함성을 질렀다.

"우와아아아아아!"

그리고 마운드에서 포효하는 그를 향해 시카고 컵스의 선수들 전원이 달려갔다.

「이상진, 챔피언십 시리즈 1차전에서 퍼펙트게임 달성」

「돈 라슨의 기록으로부터 무려 64년 만에 달성된 포스트시즌 퍼펙트게임」

「한국과 다르게 포스트시즌 퍼펙트는 정식 기록으로 인정」

「한국 프로 야구는 왜 퍼펙트게임이 공식 기록이 되지 못하는가?」

「이상진의 메이저리그 우승으로 가는 길. 대한민국의 위상을 드높이다」

이상진의 퍼펙트게임은 이미 한국시리즈 1차전에서도 달성된 적이 있었다.

하지만 한국시리즈와 메이저리그 챔피언십 시리즈의 위상은 하늘과 땅 차이였다.

―이걸 해내네!

―메이저리그 포스트시즌 퍼펙트게임!

―컵스는 이상진 갖고 월드시리즈 못 가면 전부 대가리 박아야 한다.

―월드시리즈가 문제냐? 우승 못 해도 대가리 박아야지!

이건 한국에 있는 팬들의 반응이 아니었다.

메이저리그의, 그것도 시카고 컵스 팬들의 반응이었다.

경기는 막상 한참 떨어진 로스앤젤레스에서 열렸지만 그들은 경기가 끝나자마자 시카고 시내를 한 바퀴 돌며 밤새 고성을 질러 댔다.

몇몇 인파는 폭동까지 연상케 할 정도의 폭력을 휘두르기까지 했다.

그 정도로 그들은 컵스의 연전연승에 환호했다.

"디비전 시리즈부터 4연승이군."

"팬들의 기대도 무척이나 높습니다. 이번에야말로 또 우승할 적기라면서 말이죠."

"우승이라는 게 그렇게 쉬운 건 아닌데."

데이비드 로스 감독은 쓴웃음을 지으며 정리된 데이터를 다시 들여다봤다.

내일 열릴 2차전에는 클레이튼 커쇼가 등판한다.

하지만 이쪽에서는 이상진을 쓸 수 없다.

"가을에 맞이하는 커쇼는 말 그대로 허수아비입니다."

"이번에도 그럴까? 디비전 시리즈 때의 모습을 생각해 본다면 챔피언십 2차전에도 딱히 나쁜 폼은 아닐 거야."

커쇼는 시즌 기록에 연연하지 않고 우승을 정조준하며 힘을 비축해 뒀다.

데이브 로버츠가 집중적으로 관리했다는 느낌이 풀풀 날 정도로 커쇼의 컨디션은 좋았다.

"그래도 로버츠는 퀵후크를 많이 합니다. 커쇼가 불안한 모습을 보이면 바로 내려 버릴 겁니다."

"그래. 내리지 않는다면 그걸 그대로 밀어 버리면 되겠지."

클레이튼 커쇼는 한 시대를 풍미한 투수였다.

과거형인 이유는 근래 들어 기량이 떨어지고 있는 것과 더불어 긴 이닝을 소화하지 못하게 됐기 때문이었다.

작년에 178.1이닝을 소화했던 것과 달리 올해는 159.2이닝밖에 소화하지 못했다.

그리고 부상의 영향도 컸다.

올해만 해도 DL에 몇번이나 오르락내리락했다.

전반적으로 모든 수치가 점점 안 좋아졌기에 커쇼에 대한 평가도 점점 떨어질 수밖에 없었다.

"폼은 한순간이지만 클래스는 영원하다는 말이 있지."

하지만 데이비드 로스 감독은 초보이면서도 노련했다.

포수였기에 가능한 일인지도 몰랐다.

"적어도 관리를 받았다면 챔피언십 시리즈에서 어떤 모습을 보여 줄지 알 수 없어."

*   *   *

"스트라이크! 아우우웃!"

데이비드 로스 감독의 말대로였다.

관리를 받고 시즌 후반을 짧게나마 쉰 커쇼의 슬라이더는 챔피언십 시리즈 2차전에 등판해서도 변함없이 예리했다.

동시에 스리 피치 투수였던 커쇼의 패턴에 컷 패스트볼이 추가되면서 타자들이 타이밍 잡기 애매해진 게 도움이 됐다.

"감독님의 말씀이 맞았군요."

"커쇼도 살아남기 위해서는 변화를 택해야 했을 테니까."

커쇼의 포스트시즌 부진에 대해서는 말이 많았다.

누군가는 스리 피치 투수인 그의 패턴이 너무 단조로워서 타자들이 타이밍만 맞춘다면 공략하기 쉽다고 말했다.

혹은 커쇼가 나이를 먹어서 구속이 느려졌고 그에 따른 변화구 의존도가 높아지면서 공략하기 쉬워졌다고 했다.

그리고 다른 사람은 시즌을 치르면서 체력이 저하된 가을에 구속, 구위가 전부 떨어져 평범한 투수가 되어 버린다고도 했다.

어떤 이유를 대든지 메이저리그 역사의 한 구석에 자신의 이름을 새긴 클레이튼 커쇼.

그가 포스트시즌만 되면 거짓말처럼 잔혹한 가을을 맞이한다는 건 부정할 수 없는 기록이었다.

"이렇게 가을에 잘 던지는 커쇼는 처음 보는 걸지도 모르겠군."

"똑같은 팀과 두 번째 만나는 경기에서 자주 무너지지 이렇게 첫 경기에는 잘 던지죠."

그래서 그런지 몰라도 세인트루이스 카디널스와 만났던 디비전 시리즈, 1차전에서는 잘 던졌지만 5차전에서 심각한 모습을 보여 주었다.

그건 패턴과 타이밍이 읽혔다는 말과도 같았다.

"카일 핸드릭스도 잘 던져 주고 있네요."

"3회까지 3피안타면 그럭저럭인 셈이지. 그렉 매덕스가 이상진을 지목하지 않았다면 저 녀석이 그렉 매덕스의 후계자라고 불렸을지도 모르지."

평균 87~88마일의 패스트볼과 싱커는 메이저리그 선발 기준에 미치지 못할 정도로 느렸다.

그럼에도 그렉 매덕스의 이름이 나오는 건 바로 던질 수 있는 구종들.

포심, 커터, 싱커, 체인지업, 커브의 제구와 무브먼트가 무척이나 좋아서였다.

특히 체인지업은 메이저리그 최정상급이라고 해도 과언이 아니며 예리하게 깎여 들어가는 싱커는 타자들을 당황시키기에 충분했다.

"이상진에게서 구속과 구위를 빼앗은 모습이 바로 카일 핸드릭스지. 시카고 컵스의 2선발이라면 저 정도는 해 줘야 하지 않겠나?"

땅볼을 유도하는 비율이 압도적으로 높은 카일 핸드릭스에게 리그 최정상급의 수비력을 갖춘 시카고 컵스는 도움이 됐다.

"아웃!"

"이야! 잘한다, 카일!"

더그아웃에서 응원을 하다가 들어온 이상진은 다시 육포를 한 입 물어뜯었다.

그리고 조나단이 손을 내밀자 짜증스러운 표정을 지으며 육포를 하나 건네주었다.

"일단 오늘은 걱정할 필요가 없겠어."

"다저스의 타선이 상대인데?"

"글쎄? 타이밍 맞추기가 여간 힘들지 않을까?"

이상진의 태도는 마치 오늘의 승리를 자신하는 듯했다.

그리고 그럴 만한 근거도 있었다.

"어제는 내 공을 봤고 오늘은 카일의 공을 보게 됐지. 그런데 싱커를 제외하고 비슷한 구종을 구사한다고 해도 과연 타이밍이 얼마나 다를까?"

"오호!"

100마일에 달하는 이상진의 포심을 본 다저스의 타자들이 하루밖에 되지 않은 오늘 경기에 88마일 정도의 포심에 타이밍을 맞추는 건 어려운 일이다.

게다가 여력이 남아 있는 컵스와 달리 다저스는 어제만 해도 선발 포함 투수만 네 명을 소모했다.

반대로 어제 전혀 던지지 않은 시카고 컵스의 불펜진은 건재했다.

"모르긴 몰라도 데이브 로버츠 감독은 오늘 커쇼가 흔들린다면 바로 교체할 생각일 거야."

따악!

그때 울려 퍼진 경쾌한 타격음과 함께 공이 하늘 높이 솟구쳤다.

4회 두 번째 타자로 타석에 선 앤서니 리조의 타구는 다저스타디움을 가로질러 날아갔다.

─홈런! 홈런입니다! 앤서니 리조의 솔로 홈런! 시카고 컵스가 1점 앞서 나갑니다!

"이제 커쇼는 홈런을 허용한 자기 자신에 대한 분노를 터뜨리겠지."

"으아아아악!"

그 말이 끝나자마자 마운드에서 커쇼가 괴성을 질러 댔다.

정규 시즌에서도 종종 보여 줬기에 그렇게 드문 모습은 아니었다.

하지만 방금 전까지 상당히 냉정해 보였던 커쇼의 분노에 관중들은 화들짝 놀랐다.

"이제 포수인 윌 스미스가 마운드에 올라가겠지."

조나단은 황급히 고개를 돌려 마운드 쪽을 바라봤다.

몰래 엿듣고 있던 시카고 컵스의 선수들도 똑같이 고개를 돌렸다.

아니나 다를까.

이상진의 말대로 포수 윌 스미스가 마운드로 올라가는 모습이 보였다.

"그러면 커쇼가 이제 윌 스미스에게 화를 낼 거야."

시카고 컵스의 선수들은 어느새 두근거리는 가슴을 억누르며 커쇼의 다음 행동을 기다렸다.

"난 괜찮으니 닥치고 마운드에서 내려가! 내가 올라오라고 할 때 올라와!"

글러브로 입을 가리지조차 않고 버럭 소리를 지르는 커쇼의 목소리가 시카고 컵스의 벤치까지 들렸다.

선수들은 전부 입을 떡 벌리고 다시 이상진을 바라봤다.

상진은 어깨를 으쓱하면서 다시 육포를 뜯었다.

"어떻게 알았냐?"

"저 정도야 선수에 대해서 알면 기본이지."

"미친, 선수에 대해서 안다고 해도 저런 것까지 맞힌다고?"

옆에서 지켜보고 있던 데이비드 로스 감독도 쓴웃음을 지었다.

저건 선수의 심리 상태와 행동 패턴을 알지 못한다면 불가능한 일이었다.

'엄청난 통찰력이야. 저러니 타자들이 어떤 성향을 가졌고 어떤 공을 싫어하고 어떤 생각을 하는지 읽어 낼 수 있는 거겠지.'

과거 그렉 매덕스는 수정구를 숨기고 있다는 이야기를 들을 정도로 선수들의 심리를 읽는 데 천부적인 재능을 갖고 있었다.

카일 핸드릭스도 타자들의 타이밍을 빼앗는 데 능숙했지만 그건 패턴의 문제였지 심리를 읽는 것까진 아니었다.

그런데 지금 이상진은 커쇼의 심리를 정확히 꿰뚫고 있었다.

"이제부터는 좀 재미있게 되겠네요."

"이제부터는 어떤데?"

"저렇게 화를 내도 커쇼는 지금 냉정해요. 머릿속에는 어떤 식으로 패턴을 바꿔서 우리를 상대할지 고민 중이겠죠. 하지만 결국 결정구는 정해져 있어요."

슬라이더, 커브, 패스트볼.

이 세 가지로 살아온 투수에게 있어서 타이밍을 빼앗을 구종을 하나 더 장착했다.

그것이 의미하는 바는 명백했고 올해 구사율을 떠올려 보면 확신할 수밖에 없었다.

"그걸 노리면 됩니다."

*   *   *

따악!

뻗어 나간 타구는 유격수 코리 시거의 글러브를 아슬아슬하게 피해 2루와 3루 사이를 꿰뚫었다.

순식간에 1루에 안착한 카일 슈와버는 두 팔로 으싸으싸 하는 포즈를 해 보였다.

그리고 커쇼는 고개를 갸웃거렸다.

'우연인가?'

방금 전에 던진 슬라이더는 타자의 타이밍을 정확히 빼앗았다고 생각했다.

그런데 그걸 카일 슈와버가 아주 간단하게 쳐 냈다.

마치 슬라이더가 날아오길 기다렸다는 듯한 타격이었다.

'우연이겠지.'

커쇼는 자신의 공이 정타로 맞은 걸 우연으로 치부했다.

자신의 투구에서 가장 자신 있는 건 슬라이더였다.

컷 패스트볼과 커브를 보여 주고 패스트볼 대신에 슬라이더를 던지며 타이밍을 완벽하게 빼앗았다고 생각했다.

그런데 그런 공이 맞다니, 있을 수 없는 일이었다.

하지만 다음 타자인 빅터 카라티니의 배트가 힘차게 휘둘러지는 순간 커쇼의 눈이 크게 뜨였다.

─안타! 1루 주자 카일 슈와버가 3루까지 달립니다!

─확신에 찬 스윙이었네요. 커터가 날아오는 걸 알기라도 한 듯한 스윙이었습니다.

─데이비드 로스 감독은 이번 포스트시즌에 들어와서 단 1패도 하지 않았습니다.

─좋은 선수와 코치진이 있기 때문이겠죠.

"얼굴이 눈에 띄게 굳었네."

"지금 패턴을 읽히고 있단 사실을 알기는 할까?"

"알고는 있겠지. 아마 다음에는 바꿀 거야."

조나단과 상진의 대화를 듣고 있던 데이비드 로스 감독은 싱긋 웃으면서 물었다.

"그래서 다음 공은 뭐 같은가?"

"일단 하비에르에게 다음 공은 지켜보라고 하세요."

시카고 컵스의 벤치에서 급하게 사인이 나갔다.

2루수 하비에르 바에즈는 그 사인을 받고 초구를 지켜봤다.

초구는 바깥쪽으로 예리하게 휘어 나가는 슬라이더였다.

그걸 본 순간 상진은 미소를 지었다.

"다음 공이 커브라면 그다음에는 바깥쪽으로 빠지는 컷 패스트볼을 노리라고 하세요."

하비에르 바에즈는 벤치에서 나온 사인을 받고 배트를 꽉 쥐었다.

다음 공이 커브라면 그걸 노리면 되지 않을까 싶었다.

하지만 아까도 봤듯이 커쇼의 커브는 낙차가 무척 컸다.

차라리 아직 숙련도가 떨어지는 컷 패스트볼을 노리는 편이 나았다.

생각을 고쳐먹은 하비에르 바에즈는 커브를 그냥 보냈다.

따악!

하비에르 바에즈의 스윙에 정통으로 맞은 공이 높이 솟구쳐 올랐다.

펜스 끝부분에 맞고 아슬아슬하게 넘어가지 못한 타구를 보며 상진은 물론 시카고 컵스의 선수단은 환호했다.

그것은 2차전 승리에 쐐기를 박는 일격이었다.

챔피언십 시리즈에 들어와서 이상진을 상대할 때 고전하리라 생각했다.

그래도 최소한 시카고 컵스와 팽팽한 승부를 하리라 예상했다.

그 예상들은 반만 맞고 반은 틀렸다.

이상진이 없다고 해도 시카고 컵스는 강했다.

아슬아슬했다고는 해도 지구 우승을 차지하고 내셔널리그 디비전 시리즈를 3전 전승으로 올라온 팀이 약할 리 없었다.

"커쇼가 무너지다니."

이상진을 피하고 2차전의 승리를 가져가려고 했던 데이브 로버츠에게 있어서 2차전 패배는 충격적이었다.

게다가 홈에서 2연패를 당한 충격은 어마어마했다.

로스앤젤레스의 시민들이 아무리 신사적이라고 해도 홈에서 당한 2연패에 대해서도 관대하지 않았다.

"바깥에서는 팬들이 아우성입니다."

"선수단의 분위기도 좋지 않습니다."

"미치겠군."

패배의 충격은 코칭스태프들도 당혹스럽게 만들었다.

그들은 그 패배 뒤에 이상진이 있음을 알지 못했기에 더욱 당황하고 있었다.

"저쪽의 3차전 선발로는 다르빗슈 유가 나온다고 합니다."

"이번에는 어떻게 되든지 이겨야 하네."

LA 다저스의 분위기는 침체될 대로 침체됐다.

이 이상 가라앉았다가 시카고 컵스의 홈 리글리 필드로 원정을 간다면 어떻게 될지 알 수 없다.

분위기를 반전시키려면 어떻게든 3차전에서 승리를 거둬야 했다.

다행히 다르빗슈 유는 장점과 단점이 극명한 투수였다.

패스트볼로 타자들의 타격 타이밍을 조정해 놓고 바깥쪽으로 빠져나가는 슬라이더로 삼진을 잡는 게 그의 강점이었다.

다만 패스트볼의 위력이 강하지 못하다는 점과 더불어 커브와 스플리터의 구사율이 낮다는 점이 약점이었다.

커브의 경우는 잘 던질 때는 많이 던지지만 구질이 좋지 않을 때는 구사율이 10퍼센트 미만으로 떨어진다.

즉, 그날그날 컨디션에 따라 달라지는 투수였다.

"이상진이 올라올 수 있단 걸 생각해 둬야 합니다."

한창 회의를 하던 중 투수 코치 코너 맥기네스가 뜬금없이 이상진을 거론했다.

데이브 로버츠 감독은 이상진의 이름을 듣자마자 인상을 찌푸렸다.

"선발투수는 다르빗슈가 아니던가?"

"그렇기는 합니다만 디비전 시리즈 때를 생각하셔야 합니다."

그 말에 코치진 모두 입을 다물었다.

다른 투수 코치인 마크 프라이어나 벤치 코치인 밥 게런, 불펜 코치인 조시 바드까지.

어디 내놔도 결코 뒤떨어지지 않을 LA 다저스의 코칭스태프들은 단 한 명의 이름에 침묵했다.

침묵 속으로 침몰해 버린 회의실에 코너 맥기네스의 목소리만이 울려 퍼졌다.

"이상진은 디비전 시리즈 3차전에도 선발투수로 나왔습니다. 이건 물론 의외의 상황입니다만 포스트시즌에서 상대방의 허를 찌르는 일은 언제나 있었습니다."

예상하지 못한 한 수를 만들어 얼마나 상대를 당황시키느냐가 포스트시즌의 승부수였다.

LA 다저스의 코치진은 순간 소름이 돋았다.

'혹시 우리는 데이비드 로스 감독의 역량을 잘못 파악한 게 아닐까?'

'그저 좋은 선수들 덕분에 여기까지 올라온 게 아니다. 이상진이 등판하는 경기는 그렇다 쳐도 다른 경기까지 쥐락펴락하는 건 감독의 역량이야.'

이상진의 힘이라고 해도 이런 운용을 선뜻 받아들일 리는 없다.

우승을 위해서 팀의 전력을 120% 이상 끌어올리는 게 감독의 의무라면 지금 시카고 컵스의 감독 데이비드 로스는 그의무를 충실히 이행하고 있었다.

적절한 타이밍에 선수를 투입하고 또 컨디션이 좋지 않은 선수를 선발 명단에서 제외하는 것.

더불어 포스트시즌을 맞이하여 최대한의 전력을 짜내는 일까지.

적어도 지금까지 드러난 능력만으로는 데이브 로버츠보다 우위에 있었다.

하지만 이걸 그의 앞에서 직접 이야기할 수는 없었다.

"다르빗슈 유는 올해 평균 자책점 4점대에 달하는 부진을 겪었다. 그런 투수 하나 이기지 못하고서야 어디 승리를 거머쥘 수 있겠나?"

데이브 로버츠 감독은 비장한 목소리로 말했다.

"내일 리글리 필드에 가서 시카고 컵스에 홈에서 당한 패배를 고스란히 돌려주도록 하겠다."

*   *   *

누구나 그럴듯한 계획은 있는 법이다.

이상진에 대한 대책을 세우는 것도 그랬고 시카고 컵스를 상대할 방법을 짜내는 것도 그러했다.

다르빗슈 유에 대한 대책도 마찬가지였다.

─안타! 안타가 나옵니다! 코리 시거가 적시타를 터뜨립니다! 주자가 홈으로 들어옵니다!

─다르빗슈 유! 포스트시즌에서도 좋은 모습을 보여 주지 못합니다!

─올 시즌 좋지 않은 모습을 보여 줬는데 안타깝네요. 내년에는 메이저에서 볼 수 있을지 모르겠습니다.

다르빗슈는 선취점에 이어 추가점까지 내주자 고개를 떨구었다.

그래도 오늘 컵스의 타선이 다저스의 타선 못지않은 활약을 해 주고 있었다.

─안타! 앤서니 리조의 싹쓸이 2루타! 컵스가 단숨에 동점을 만듭니다!

─컵스의 타선도 질 수 없다는 듯 점수를 냅니다!

다저 스타디움에서의 경기가 모두 투수전이었다면 오늘은 화끈한 타격전이 이어지고 있었다.

4회까지 LA 다저스는 6점, 그리고 시카고 컵스는 4점을 냈다.

1, 2차전 양 팀의 점수를 모두 합해도 6점인 것을 떠올리면 엄청난 점수가 폭발하고 있었다.

"흐음, 어지간해서 타이밍이 나오지 않는데?"

먼저 공격을 하는 원정 팀의 상황이기도 했지만 다저스의 타선이 마치 불붙은 화약처럼 연달아 터져 대서 쉽게 교체 타이밍이 나오지 않았다.

다르빗슈 유가 고군분투한 끝에 4회는 더 실점하지 않을 수 있었다.

하지만 4회까지 던진 공이 90구에 달했기에 그는 더 던질 수 없었다.

"다음 투수는 알렉 밀스를 올리도록 하지."

"괜찮을까요?"

"일단 다음 투수를 준비할 시간을 벌기 위해서야."

알렉 밀스는 체력이 좀 더 갖춰지고 다른 구종이 좀 더 좋은 모습을 보였다면 선발 경쟁도 할 수 있을지도 모른다.

하지만 싱커를 잘 던지긴 해도 오래 버틸 수 있는 선수는 아니었다.

다르빗슈의 패스트볼과 슬라이더에 익숙해진 다저스의 타자들에게 싱커를 보여 줘서 타이밍을 뺏을 생각이었다.

"그럼 다음 투수는 누가 좋겠습니까?"

알렉 밀스가 1이닝을 버텨 준다고 해도 5회가 끝날 뿐이었다.

아직도 4이닝이 남아 있었다.

잠시 고민하던 데이비드 로스는 5회 말 공격을 위해 그라운드로 올라가는 선수들을 보며 신음했다.

"이상진을 또 올린다면 미친놈 소리를 듣겠지?"

데비이드의 말에 코치들은 쓴웃음을 지었다.

"아직 동점은 아니니 투입 타이밍은 아니잖습니까?"

"팬들은 물론 언론에서도 4차전 선발로 등판할 거라는 예상을 하고 있는데 어쩌시겠습니까?"

"사실 예상을 한다면 그걸 깨뜨려 주는 게 맞는 일이긴 하지."

언론의 기대를 부숴 버려야 더욱 많은 기사들이 튀어나온다.

하지만 감독은 언제나 자신의 판단이 옳으냐 그르냐를 먼저 고민해 봐야 했다.

'이상진을 투입한다라.'

점수는 2점 뒤지고 있는 상황.

타격전이 펼쳐지고 있다고 해도 점수를 내는 게 언제까지 이어질지 모른다.

이상진을 투입하는 건 유리한 상황이 만들어져야 가능했고 그래야 승리에 쐐기를 박을 수 있었다.

지금은 아니었다.

이상진을 투입해서 점수를 더 내주지 않고 역전을 시도한다는 건 불확실한 전망에 승부를 거는 미친 짓이었다.

그때 상진이 앞으로 나섰다.

"저는 언제든지 괜찮습니다."

"으음."

오늘도 선발로 잠깐 투입해 볼까 하는 유혹도 느끼긴 했었다.

정석을 파괴시켜 버릴 정도로 이상진은 대단한 투수였다.

시즌 초반부터 지금까지 스무 번에 가까운 완투를 해 왔음에도 퍼지는 모습 따윈 보이지 않았다.

구속이나 구위는 시즌이 지나면 지날수록 더욱 올라갔고 중간에 컷 패스트볼을 추가하는 기이한 일도 벌어졌다.

그렇기에 될 수 있으면 투입하고 싶어지는 투수가 바로 이상진이었다.

"내가 괜찮지 않다. 너를 투입해서 승리를 챙길 수 있다면 얼마든지 하겠지. 그런데 그렇지 않으니까."

그래도 데이비드 로스는 냉정하게 선을 그었다.

이상진도 감독의 결정에 군말 없이 고개를 끄덕였다.

경기에 나가고 싶다는 건 포인트를 벌고 싶은 자신의 욕심이었다.

지금 자신의 욕심과 월드시리즈 진출.

이 두 가지 중 어느 것이 더 무겁고 중요한지 판단하지 못할 정도는 아니었다.

따악!

"와아아아!"

그때 다시 한번 안타가 터지는 타격음과 함께 관중석이 들끓었다.

이야기를 나누다가 황급히 고개를 돌린 데이비드 로스 감독은 높이 치솟은 타구를 바라보며 탄성을 터뜨렸다.

"오오!"

―스리 런! 스리 런 홈런이 터져 나옵니다! 오늘 처음 선발 명단에 이름을 올린 3루수 로벨 가르시아가 챔피언십 시리즈에서 홈런을 터뜨립니다!

―단숨에 시카고 컵스가 역전합니다!

―시즌에는 평균적인 성적을 냈던 로벨 가르시아지만 포스트시즌에서 자신의 존재감을 뽐냅니다!

로벨 가르시아는 불끈 쥔 주먹을 치켜들고 환호성을 지르며 그라운드를 돌아 홈으로 들어왔다.

시카고 컵스의 선수들은 그의 모습에 함께 환호했다.

고함을 지르면서 로벨 가르시아의 이름을 외치던 이상진은 웃는 얼굴로 데이비드 로스를 바라봤다.

그리고 데이비드 로스도 웃음을 터뜨리고 말았다.

"그래. 알았다."

＊　　　　　＊　　　　　＊

5회 말에 스리 런을 포함해서 총 4점을 내준 LA 다저스 선수들은 이를 갈고 있었다.

어디까지나 점수를 내준 건 내준 거였고 오늘은 화끈한 타격전을 펼치고 있었기에 금방 역전할 수 있으리란 자신감도 있었다.

"4점을 내줬으면 두 배는 빼앗아야지!"

"단번에 역전하고 점수를 더 벌려 버리자고!"

점수를 내줬음에도 전혀 떨어지지 않는 선수들의 사기에 데이브 로버츠도 굳어 있던 얼굴 표정을 폈다.

역전이 됐어도 아직 분위기는 넘어가지 않았다.

아직 선수들은 이길 수 있다는 생각을 갖고 있었다.

"어? 뭐야?"

"교체네?"

"누가 나올까?"

그때 시카고 컵스의 투수 교체 신호가 나왔다.

어차피 알렉 밀스가 1이닝 이상 던지리라 생각하지 않았기에 데이브 로버츠는 차분히 다음 투수를 기다렸다.

"다음은 누가 올라올까?"

"단순히 생각한다면 제레미 제프리스나 호세 퀸타나가 올라오지 않겠습니까?"

LA 다저스 입장에서 남은 불펜을 고려했을 때 상식적으로 그게 맞는 말이었다.

모레 4차전 선발로 이상진이 올라온다고 가정한다면 더더욱 그러했다.

그때 코너 맥기네스가 입을 열었다.

"이상진이 올라오지 않겠습니까?"

"또 그 소리인가? 지금 상황에서 시카고 컵스가 올리겠나?"

"역전하지 않았습니까?"

그 말에 LA 다저스의 코치진은 물론 선수들마저도 얼굴이 굳었다.

조금 전까지 LA 다저스는 시카고 컵스를 앞서고 있었다.

승리가 불확실한 시점에서 이상진을 투입한다는 건 말이 되지 않았다.

하지만 지금은 무려 2점을 앞서는 상황.

투입한다고 해도 이상할 것 하나 없었다.

"말도 안 되는 소리 하지 말게. 설령 이상진이 투입된다고 한들 4차전에서의 선발 카드를 불펜으로 무의미하게 소모하는 것밖에 되지 않잖나?"

하지만 로버츠 감독은 그 목소리를 외면했다.

어제부터 코너 맥기네스가 계속 이상진, 이상진 타령하는 게 마음에 들지 않았다.

그만큼 이상진은 껄끄러웠고 계속 경계해야 하는 이름이었다.

동시에 로버츠에게 있어서 가장 불쾌한 이름이기도 했다.

그때 시카고 컵스의 불펜이 소란스러워지기 시작했다.

"어?"

"진짜?"

불펜의 문이 열리며 등장한 투수가 이상진임을 확인한 순간, 데이브 로버츠는 경기를 일으키며 자리에서 펄떡 일어났다.

"이런 젠장! 엿 먹어라! 데이비드 로스!"

─미스터 리! 그가 마운드에 올라옵니다!

─6회 초에 등장한 시카고 컵스의 에이스! LA 다저스가 당황합니다!

─선발로 나오지 않아 이번에는 혹시나 했던 변칙 운용! 데이비드 로스 감독은 팔짱을 끼고 단호한 표정으로 그라운드를 응시합니다!

혹시나 했던 사람도 있고 역시나 하는 사람도 있었다.

이상진이 변칙적으로 운용되는 데 있어 이런 비상식적인 광경은 이제 낯익은 광경이 됐다.

마운드에 올라온 상진을 뒤따라 마운드에 온 윌슨 콘트레라스는 약간 걱정스러운 표정이었다.

"진짜 올라올 줄은 몰랐는데? 농담으로 한 말인 줄 알았어."

"그러면 올라와야지. 오늘 이기면 남은 경기에서 1승만 거둬도 월드시리즈 진출이잖아?"

월드시리즈.

이 말에 윌슨 콘트레라스의 표정이 환하게 밝아졌다.

자신의 커리어에 월드시리즈 진출이라는 한 줄이 더해지는 건 메이저리거라면 누구나 바라는 일이었다.

커리어란 메이저리거에게 있어서 무척이나 중요했다.

올스타에 선발된 것만으로도 보너스를 받는가 하면 연봉 협상에서 유리한 고지를 점할 수도 있었다.

게다가 월드시리즈에 진출해서 우승을 차지하는 데 일조했다는 경력은 그 이상이었다.

메이저리그 30개 팀, 1,000명을 훨씬 뛰어넘는 선수들 중 정점에 서는 일이었다.

"너도 월드시리즈에 가고 싶지?"

"가고 싶다마다! 우승을 하면 더 좋지!"

"그러면 사인에 대해서 이야기나 하자."

화기애애한 시카고 컵스의 분위기와 달리 LA 다저스의 분위기는 줄초상 난 집 같았다.

조금 전까지만 해도 2점이라는 차이는 너무나 작아 보였고 단번에 뒤집어엎을 수 있어 보였다.

그런데 마운드에 이상진이 서는 순간, 2점이라는 점수 차는 미국 서부 로키산맥보다 더욱 거대해 보였다.

"빌어먹을, 빌어먹을! Holy shit! Son of bitch!"

평소에 욕을 입에 잘 담지 않던 데이브 로버츠마저도 고함을 지르며 펄펄 뛰고 있었다.

가뜩이나 이상진에게 당한 게 몇 번인데 오늘 또다시 얼굴을 보게 되니 성질이 나지 않을 수가 없었다.

당장에라도 벤치에서 뛰어나가려는 그를 다저스의 코치들이 뜯어말리고 있었다.

"재미있네?"

[식사 시간이 되었습니다.]

[상대방의 포식 포인트가 표시됩니다.]

[타자의 포인트는 243입니다.]

시스템 메시지를 바라보던 상진은 관중석에서 자신을 바라보는 영호를 발견했다.

열띤 응원을 하는 관중들 사이에서 치킨과 맥주를 들고 자신을 묵묵히 바라보는 자신의 매니저이자 에이전트를 바라보던 상진은 슬쩍 고개를 숙여 보이고 공을 쥐었다.

"스트라이크!"

그리고 6회의 악몽이 시작됐다.

*　　　*　　　*

이닝이 삭제당하기 시작했다.

다저스 타자들은 더욱 분발하며 어떻게든 점수를 뽑아내려고 했다.

하지만 이상진이 등판한 시점부터 그건 불가능에 가까운 일이었다.

"스트라이크! 타자 아웃!"

[타자 포인트 207을 포식하였습니다.]

이상진의 구속에 압도당한 타자들은 타이밍도 맞추지 못하고 배트를 붕붕 휘둘렀다.

포심 패스트볼이 날아올 거라는 사실을 알아도 100마일이 넘는 강속구는 칠 수 없었다.

"아웃!"

[타자 포인트 198을 포식하였습니다.]

공은 높이 치솟았지만 멀리 나가지 못했다.

이상진의 구위에 밀린 공은 내야수의 머리 위도 지나치지 못했다.

힘없이 밀려 올라간 공이 떨어질 곳은 기다리고 있는 야수의 글러브 안이었다.

그동안 각양각색의 숫자로 이닝을 채워 나갔던 LA 다저스의 타자들은 거짓말처럼 0을 연속으로 찍어 내고 있었다.

무안타, 무볼넷, 그리고 무득점.

단번에 손발이 꽁꽁 묶여 버린 그들에게 있어서 이상진은 저승사자, 그 이상이었다.

"스트라이크! 타자 아웃!"

6회에 이어 7회도 순식간에 사라졌다.

총 여섯 명의 타자가 아무것도 하지 못하고 타석에서 내려가야 했다.

그중에는 저스틴 터너, 코디 벨린저, 무키 베츠 등 다저스가 자랑하는 강타자들이 있었다.

하지만 지금 그들은 그저 이상진에게 휘둘리는 엑스트라가 된 후였다.

"저걸 어떻게 치라고!"

다른 투수들의 강속구는 가볍게 받아치던 타자들이었다.

그러나 마지막에 살짝살짝 꺾이며 도저히 칠 수 없도록 날아오는 공에는 속수무책이었다.

이를 악물고 배트를 휘둘러 봐도 이상진의 공은 그들을 농락하듯 요리조리 피해 내며 포수의 미트 안으로 뛰어들었다.

"매직이야, 매직. 저건 마법사가 아니고서야 불가능해."

피안타율이 1할이 될까 말까 했고 9이닝당 볼넷은 0.5개도 되지 않았다.

시즌 100승을 넘기며 메이저리그 역사에 한 획을 그은 LA 다저스.

하지만 그들 역시 메이저리그 역사에 발자취를 남긴 투수에 의해 박살 나고 있었다.

오롯이 혼자서 LA 다저스를 상대하고 있는 이상진의 모습은 철벽과도 같았다.

"허허, 허허허허."

데이브 로버츠는 이닝이 지나면 지날수록 점점 할 말을 잃어갔다.

경기가 계속되면서 침묵한 건 다저스의 타선뿐이었다.

연쇄 폭발하며 8회까지 타순만 두 번이 돌아간 그들이 낸 추가점은 5점.

"허허허허, 미치겠군."

한참 동안 헛웃음만 짓던 로버츠의 입에서 나온 말은 자포자기에 가까웠다.

그리고 바로 옆에서 그 말을 듣는 코치들과 선수들 모두 똑같은 표정이었다.

　이상진은 넘어설 수 없다.

　훗날 데이브 로버츠는 자다가도 이상진의 이름만 들으면 벌떡 일어나 광분할 정도로 트라우마가 됐다.

　─4이닝을 무실점으로 막아 낸 이상진이 마운드에서 내려갑니다!

　─시카고 컵스의 에이스가 승리를 거의 확정 짓습니다!

　─아! 저것 보십시오! 다저 스타디움에 모여 있는 관중들이 전부 일어서서 박수를 보내고 있습니다!

　다저 스타디움에 LA 다저스를 응원하기 위해 모인 팬들이 전부 자리에서 일어났다.

　3이닝을 무실점으로, 아니, 메이저리그 정규 시즌의 평균 자책점 0점대를 달성하고 디비전 시리즈부터 지금까지 무실점을 달성하고 있는 최고의 투수에게, 그들은 모두 경의를 표했다.

　기립 박수를 받으며 마운드에서 내려오는 이상진의 모습은 위풍당당했다.

　그와 반대로 LA 다저스는 초라해져 있었다.

그들은 홈에서 벌어진 3연전에서, 3연패 성적표를 받아 들수밖에 없었다.

*　　　　　*　　　　　*

「이상진, 3차전의 승리투수는 되지 못했으나 가장 빛났다」
「승기를 잡자마자 이상진을 투입한 용병술, 데이비드 로스 감독은 그를 활용할 줄 안다」
「무리한 투수 운용, 부상 경력이 있는 이상진에게 과연 좋을까?」

파죽지세.
미친 듯한 연승 행진을 달리고 있는 시카고 컵스를 표현하는 한마디였다.
디비전 시리즈부터 챔피언십 시리즈 3차전까지 전부 6연승.
단 1패도 하지 않고 있는 시카고 컵스는 말 그대로 최강이었고 그 팀의 에이스인 이상진 역시 최강이었다.

「이상진, 그를 무너뜨릴 자는 누구인가?」

이런 제목으로 칼럼이 나올 정도였다.

말 그대로 2020년은 이상진이 지배한 한 해였다.

그리고 팬들의 시선은 챔피언십 시리즈 4차전만이 아니라 월드시리즈까지 바라보고 있었다.

—우승할 수 있을까?

예전에도 나온 이야기였지만 모두 무시했던 이야기였다.

LA 다저스가 있고 휴스턴 애스트로스가 있으며 다른 지구에서 우승한 쟁쟁한 팀들이 남아 있었다.

이상진을 보유하고 있다 해도 월드시리즈의 우승은 천운이 따르지 않으면 불가능했다.

하지만 지금 이 순간, 다시 시카고 컵스의 팬들 사이에서 우승에 대한 이야기가 스멀스멀 나오기 시작했다.

—우승할 수 있지 않겠어?

ㄴ이상진과 함께라면 우린 해낼 수 있어!

ㄴ발 닦고 잠이나 자라.

ㄴ월드시리즈 우승이 그렇게 쉽겠냐?

ㄴ이상진이라면 또 모르지!

이런 댓글들이 오가는 와중에 또다시 폭탄이 떨어졌다.

메이저리그를 취재하는 언론사는 물론 그걸 보고 한국으로 퍼나르는 기자들도 두 눈을 의심했다.

챔피언십 시리즈 4차전을 앞두고 한 인터뷰에서 데이비드 로스 감독이 선언했다.

"4차전의 선발투수는 미스터 리입니다."

"감독님, 워싱턴 스포츠 리포팅의 제임스 워커라고 합니다. 미스터 리는 1차전 선발, 3차전에서 불펜으로 4이닝이나 던졌습니다. 그런데 바로 4차전 선발로 나선다는 게 선뜻 이해되지 않습니다."

다른 기자들도 고개를 끄덕일 정도로 타당한 질문이었다.

데이비드 로스는 주위를 둘러보면서 싱긋 웃었다.

"다른 분들도 똑같은 질문을 준비하셨다는 표정이군요. 인정합니다. 이상진이 무리한 운용에 부상을 당할 위험이 충분하단 점은 저도 알고 있습니다."

"그런데 왜 선발로 나서는 겁니까?"

"본인의 의지입니다. 그리고 이상진의 부상 경력에 대해서는 저도 알고 있습니다."

여기까지 말한 데이비드는 시끄럽게 떠드는 기자들을 무시하고 앞에 놓인 물병의 물을 천천히 마셨다.

이건 기자들을 다루는 데이비드 로스만의 방법이었다.

그가 물을 마시는 동안 기자들은 다음에 이어질 말을 기다리며 입을 다물었다.

기자들의 질문을 제어한 그는 물병을 내려놓으며 입을 열었다.

"시카고 컵스의 팀 닥터와 트레이너들은 전력을 다해 이상진의 몸 상태를 점검하고 있으며 그는 다음 경기에 무리 없이 등판할 수 있는 체력을 보유하고 있습니다. 그리고 여러분께서는 하나 오해를 하고 있습니다."

"오해라고요?"

"그렇습니다. 이상진은 등판 때마다 완투를 해 왔습니다. 그래서 이번 4차전에도 완투를 할 거라 생각하시는 분들이 많은 것 같습니다."

그 말에 기자들은 망치로 뒤통수를 얻어맞은 기분이었다.

여태까지 이상진은 등판할 때마다 최소 7이닝은 던져 왔다.

그것도 일부 경기만 그러했을 뿐, 대부분의 경기를 완투해 왔다.

그래서 기자들은 물론 팬들마저도 이상진이 등판하면 9이닝을 모두 소화하는 게 기정사실처럼 여기고 있었다.

데이비드 로스는 그걸 지적하고 있었다.

"그렇다면 얼마나 던질 예정이신가요?"

"그건 상황에 따라 달라질 예정입니다. 하지만 별다른 이상이 없다면 일정 이닝만 소화한 후 교체할 겁니다."

그 말이 끝나자마자 사방에서 기자들의 질문이 쏟아지기 시작했다.

이상진의 몸 상태를 어떻게 관리하는지부터 현재 상태는 어떤지.

그리고 어떤 상황에서 교체할 생각인지를 묻는 질문도 쏟아졌다.

데이비드 로스는 1년 차 감독답지 않게 그 질문들에 대해 노련하게 받아넘겼다.

*   *   *

이번 인터뷰는 LA 다저스의 입장에서는 반가운 소식이었다.

이상진이 일정 이닝만 소화하고 내려간다면 이닝이 얼마나 남았느냐에 따라 역전할 수 있는 가능성이 있었다.

그것만이 아니더라도 이상진은 보통 투수가 소화할 수 없는 스케줄을 소화하는 중이었다.

아무리 강철 같은 체력과 어깨를 가졌다고 해도 이런 스케줄이 계속된다면 언젠가 지치게 마련이다.

"이번에야말로 이상진을 털어 버릴 수 있는 절호의 기회야."

데이브 로버츠는 밝은 얼굴로 외쳤다.

하지만 다저스의 코치들은 달랐다.

"데이비드 로스 감독의 립 서비스입니다. 그렇게 쉽게 믿으시면 안 되잖습니까?"

"그 정도는 나도 알고 있지. 하지만 상식적으로 생각해 봐. 그렇게 투수를 굴리면 1년만 해먹겠다는 뜻이 아닌가? 이상진의 몸 상태가 정상이라고 생각할 수 있겠나?"

그는 막무가내였고 자신의 의견을 코치들에게 관철시켰다.

사장과 단장에 의해 모가지가 잘려 나가기 일보 직전인 그로서는 어쩔 수 없는 일이기도 했다.

이번에도 월드시리즈 진출, 그리고 우승에 실패한다면 그의 커리어에도 치명적일 수밖에 없었다.

회의를 마치고 나오는 코너 맥기네스 코치의 발걸음은 무겁기만 했다.

마크 프라이어 코치가 그의 뒤를 따라 나왔다.

"오늘은 어째 한마디도 없었어?"

"말해도 듣지 않을 테니까."

"감독이 너무 긍정적으로 생각하는 게 있지."

"그러니까. 감독은 왜 이상진을 상식선에 두려고 하는 거지?"

그는 한숨을 푹 내쉬었고 마크 프라이어 코치도 고개를 절레절레 흔들며 동조했다.

여태까지 이상진의 행보를 봤음에도 저런 소리가 나온다는 사실이 기가 막혔다.

"그는 페드로 마르티네스보다 훨씬 외계에서 온 선수라고!"

정상으로 가는 길

떠올려 보면 이상진은 논란의 중심에 있었다.

시즌을 시작할 때부터 시즌이 끝나고 포스트시즌이 시작될 때까지.

그리고 4차전 이상진의 등판을 앞두고 사람들은 서로 논쟁을 펼치기 시작했다.

—아무리 이상진이라고 해도 시즌에서 체력을 소모했으면 포스트시즌에서는 망한다니까?

—그래도 미스터 리는 된다니까?

─올해 안 무너져도 내년에는 100퍼센트 무너진다고!

논쟁의 중심은 바로 이상진의 체력이었다.

시즌 초부터 이상진은 엄청난 이닝을 소화했다.

소화 이닝 수만 따지고 본다면 2위에 마크된 제이콥 디그롬과 100이닝 이상 차이 날 정도로 압도적인 차이를 보이고 있었다.

게다가 포스트시즌에 들어와서 무리한 듯한 투입이 이어졌다. 그러니 팬들이 걱정하지 않을 수 없었다.

"다들 걱정되나 보네요."

"나라도 내부 사정을 모르면 그런 말을 하겠다."

영호는 이것저것 챙겨 주면서 투덜거렸다.

시스템의 보정이 있다고 해도 이 녀석은 규격 외였다.

그러니 위에서도 그런 결정을 했으리라.

"그나저나 저승에 다녀온 이유는 아직도 얘기 안 해 줄 거예요?"

"그건 포스트시즌 다 끝나고 해 준댔잖냐."

"그래도 그냥 궁금해서 그래요."

이야기해 준다고는 말했어도 여전히 그 내용은 궁금했다.

그래도 상진은 바로 관심을 끊고 데이터를 살펴보기 시작했다.

그동안 메이저리그의 전략분석팀이 수집한 데이터는 무척 방대했다.

한국 프로 야구의 팀들이 수집한 양과 비교하면 하늘과 땅 차이라고 할 정도였다.

"엄청나다. 예전에도 봤지만 이번에는 특별히 더 많은 것 같네."

타자들에 대한 분석 자료는 특히 그랬다.

어떤 공을 가장 좋아하는지, 혹은 어떤 코스를 가장 좋아하는지는 기본이었다.

옆에 붙어 있는 보조 자료는 훨씬 엄청났다.

사용하는 배트의 무게가 얼마인지, 타격을 할 때 공이 가장 멀리 나가는 각도부터 시즌을 치르며 몸무게의 변화와 무게 중심, 그리고 타격 폼의 장단점까지.

전력 분석팀의 자료는 아주 소소한 것까지 담겨 있었다.

"이건 스토커 수준 아니냐? 몸무게하고 키부터 해서 식습관은 또 뭐냐? 이런 것들까지 들어 있어? 얘네 이거 개인정보 보호 안 되는 거 아냐?"

"어차피 저쪽에서도 제 정보를 빼 가고 있겠죠. 하지만 가장 중요한 정보 두 가지는 없잖아요?"

영호는 고개를 갸웃거렸다.

"하나는 시스템이고 하나는 뭔데?"

"바로 유능한 저승사자가 옆에 붙어 있다는 거죠."

"이 자식, 맨날 인터뷰 좀 하더니 말발이 좀 늘었네?"

괜히 자신을 띄워 주는 말에 어깨를 으쓱하면서 영호는 간만에 실력을 발휘해 만든 닭가슴살샐러드를 내놨다.

지난번에 영호가 없을 때 먹었던 음식들은 은근히 간이 맞지 않았다.

그래서 상진은 그릇을 받자마자 바로 젓가락을 들어서 퍼먹기 시작했다.

"그런데 이제 먹는 걸로는 포인트가 잘 안 오를 텐데?"

"그렇더라고요. 그런데 버릇이 돼서 뭔가 먹어야 입이 안 심심하더라고요."

먹어도 먹어도 예전만큼 포인트가 오르지는 않는다.

포인트 상한선도 코인을 하나 얻으려면 무려 1,500포인트를 쌓아야 가능했다.

성장 한계선이 다가오면 다가올수록 상진의 성장 속도는 점점 느려져 갔다.

"그래도 예전처럼 코인이나 포인트에 집착하는 건 꽤 줄었죠."

"그럴 만도 하지. 이제는 웬만한 선수들은 네 스스로의 힘으로 압도할 수 있으니까."

끝을 모르는 체력과 압도적인 구속과 구위.

하지만 상진에게 있어서 가장 큰 무기는 역시 심리전이었다.

타자가 인코스를 노리면 바깥으로 던지고 아웃코스를 노리면 몸 쪽으로 던진다.

높은 공을 노리면 낮게 던지기도 했다.

이걸 읽어 내는 심리전은 선천적으로 얻어지는 것이 아니라 후천적인 연습을 통해 익힌 기술이었다.

"메이저리그 최상위권 선수들의 피지컬을 갖게 되다니 너도 참 대단해졌다."

"성장하다 보면 가장 필요한 건 하드웨어니까요."

하드웨어가 받쳐 주지 않는다면 어떤 기술을 갖고 있더라도 성공하기 어렵다.

그게 증명된 건 한국에서였다.

"그래도 그때 갈고닦은 기술이 없었다면 지금 같은 성공도 없었겠지만요."

"잘해 봤자 토니 스미스 정도였겠지."

"후우, 그 이름은 그만 집어치우시고요. 어찌 됐든 간에 4차전이 남았네요."

"그런데 정말 체력은 괜찮겠냐? 이 정도로 급격히 소모하면 여러모로 너한테도 부담일 텐데."

상진은 입꼬리를 쓱 끌어올리며 미소를 지었다.

그리고 영호도 마주 웃었다.

이 녀석에게는 늘 계획이 있었다.

메이저리그에 진출한 이후, 무리해서 던진 적은 단 한 번도 없었다.

"모든 것은 계산대로 흘러가는 거냐?"

"네. 그래서 디비전 시리즈도 3차전 만에 끝내 버렸죠."

그 말에 영호는 무릎을 탁 쳤다.

디비전 시리즈를 3차전 만에 끝낸 상진은 LA 다저스가 4, 5차전을 치르는 동안 휴식을 취할 수 있었다.

무엇보다 다른 투수와 타자들이 쉴 수 있다는 점도 플러스 요인이었다.

"체력 회복할 시간을 미리 벌어 두는 셈이었구나."

"저야 약간 위험하긴 해도 투구 수만 잘 조절하면 스킬의 효과로 금방 회복하니까요."

이런 일을 가능하게 만든 건 전부 한계까지 올라간 체력 수치 덕분이었다.

그래서 메이저리그 한 시즌을 완주하는 데 체력적인 부담은 전혀 느끼지 못했다.

"이제 한 계단만 올라가면 최고의 자리를 가리는 무대가 되겠죠."

"그러면 이제 시즌이 끝나고."

"맛있는 걸 마음껏 먹으러 다닐 수 있겠죠."

"먹는 것 타령부터 하고."

영호는 쓴웃음을 지으면서 주먹을 내밀어 부딪쳤다.

"우승하면 내가 한턱 쏘마."

"그거, 감당할 수 있겠어요?"

무시무시한 식비가 들어갈 거라는 건 알고 있었다.

하지만 그 정도는 영호에게 아무렇지도 않았다.

"저승에서 경비 떼 오면 되니까."

*   *   *

LA 다저스의 분위기는 가라앉아 있었다.

데이브 로버츠 감독이 공들여 선수단을 격려하고 사기를 북돋으려 해도 그들은 쉽게 회복하지 못했다.

"이상진이라니."

시리즈는 벌써 3 대 0까지 몰려 버렸고 역전할 가능성은 너무 낮았다.

무엇보다 선발이 이상진이라는 점이 그들에게 절망으로 다가왔다.

"다들 왜 포기하고 그래? 오늘 이기고 대역전극을 펼칠 수도 있는 거잖아!"

그래도 아직 포기하지 않은 몇몇 선수들이 있었다.

하지만 이상진과 직접 대결을 해 본 선수들에게 있어서 희망은 어디에도 없었다.

제대로 건드려 본 적이 없는 공에 대한 공포는 그들의 뼛속까지 스며들어 있었다.

"어차피 질 거야."

"벌써 3연패잖아? 1승 해 봤자 의미 없어."

"오늘 이길 것 같지도 않아."

이미 짙게 드리워진 패배 의식은 누군가의 말 한마디로 건어낼 수 있는 수준이 아니었다.

게다가 오늘 경기가 열리는 건 상대 팀의 홈구장인 리글리 필드.

압도적인 응원을 등에 업고도 졌는데 적지에서 승리를 거두리라 생각할 수 없었다.

"후우."

코치들도 구단 전세기 안에서 어떻게든 해 보려 했지만 아무런 효과가 없었다.

데이브 로버츠 감독은 한숨을 푹 내쉬면서 자리에 털썩 앉았다.

"다른 선수들도 아니고."

한둘도 아니고 주축 선수들이 저런 상태였다.

투수의 주축이라고 할 수 있는 클레이튼 커쇼나 켄리 젠슨, 홀리오 유리아스나 알렉스 우드도 축 쳐져 있었다.

타자들도 마찬가지였다.

하다못해 코디 벨린저나 저스틴 터너, 코리 시거마저도 전의를 상실했다.

"이대로라면 이길 가능성이 없어."

"뭔가 방법이 없을까요?"

"글쎄."

방법이 있을까.

3차전에 이상진이 등장했을 때부터 고민해 봤지만 뾰족한 수가 없었다.

그때 눈에 띈 게 코너 맥기네스 투수 코치였다.

'그러고 보니 이상진이 올라올 거라 예측했던 것도 코너뿐이었지.'

그걸 떠올린 순간 데이브 로버츠는 자리에서 벌떡 일어났다.

"헤이, 코너. 잠시 괜찮겠나?"

"왜 그러십니까, 감독님?"

"자네에게 하나 묻고 싶은 게 있어서 그러네."

그동안 데이브 로버츠에게 자신의 의견을 무시당해 온 코너 맥기네스는 또 무슨 지랄을 하려나 생각하며 그에게 다가

갔다.

하지만 뜻밖의 질문에 코너는 눈을 동그랗게 떴다.

"이상진을 상대할 방법이 있나?"

"그를 상대할 수 있는 방법 말씀입니까?"

질문이 너무 터무니없는 수준이었다.

한숨을 푹 내쉰 코너는 고개를 가로저었다.

"툭 까놓고 말해서 그를 상대할 수 있는 방법은 없습니다. 가능한 방법은 투수를 전부 소모해서 무실점으로 막아 내면서 동시에 연장으로 끌고 가 그를 끌어내리는 것뿐입니다."

"그렇다면 지금의 선수단을 다독일 수 있는 방법은 있겠나?"

아까보다는 현실적인 질문이었다.

그리고 평소 자신의 의견을 깔아뭉개던 데이브 로버츠도 아니었다.

잠시 고민하던 코너 맥기네스는 약간 자신감이 붙은 목소리로 말했다.

"지금 선수들은 자신감도, 승부욕도 전부 잃어버렸습니다. 격려해 주거나 좋은 말을 한다고 해도 받아들이지는 못할 겁니다."

"그러니까 묻는 걸세. 혹시 다른 방법 없나?"

안 그래도 생각해 뒀던 방법이 있던 코너는 순간 멈칫거리며 망설였다.

혹시 자신에게 책임을 전부 지우려는 게 아닌가 싶었다.

불안한 얼굴로 로버츠의 눈치를 살피던 그는 입술을 깨물었다.

로버츠가 월드시리즈 진출을 실패한다면 자신도 LA 다저스에서 나가야 할지도 모른다.

그리고 로버츠가 팀에 남게 된다면 이미 눈 밖에 났으니 나가야 했다.

어차피 여기에서 망하든 나중에 망하든 자신은 망한 신세였다.

그 사실을 떠올린 코너는 결심했다.

*   *   *

"너희는 패배자인가?"

평소라면 무척이나 자극적인 말이었다.

그런데 LA 다저스의 선수들은 딱히 큰 반응을 보이지 않았다.

그만큼 그들의 마음을 뒤덮고 있는 절망이 크다는 방증이기도 했다.

"다들 패배자가 됐군."

코너 맥기네스는 약간 흥분된 어조로 말하고 있었다.

데이브 로버츠가 자신에게 전권을 위임했으니 하는 행동이기도 했다.

그는 뒤에 서서 아무 말도 하지 않는 로버츠를 흘끗 돌아보고 다시 말을 이었다.

"내일 경기에서 다들 질 거라고 생각하는 건 알고 있다."

"후우."

코너의 말에 누군가가 한숨을 쉬었다.

그 한숨은 선수단의 마음을 대변하고 있었다.

"나도 그렇게 생각한다. 어차피 이상진이 등판하고 패할 것이라는 건 너무 당연한 일이지. 그만큼 그는 괴물 같은 투수고 메이저리그를 지배하는 미친놈이지. 그런데 패배가 정해졌다고 해서 이대로 물러날 건가?"

"그럼 뭘 할 수 있다는 겁니까?"

볼멘 목소리가 튀어나왔다.

이미 이상진에게 당할 만큼 당해 온 선수들의 마음속에는 지금 아무것도 할 수 없다는 무력감이 가득했다.

그때 다음 이어진 코너 맥기네스 코치의 말에 선수들의 고개가 번쩍 들어 올려졌다.

"지금 뭐라고 하셨습니까?"

"오늘은 져도 상관없다고 했다."

"져도 상관없다고?"

"애초에 너희는 이길 생각이 없지 않은가? 이미 패배자가 된 머저리들아."

상상도 할 수 없는 폭언에 다저스 선수들의 눈에 불꽃이 튀었다.

하지만 코너 맥기네스는 아랑곳하지 않고 말을 이었다.

"이상진에게 이길 수 없다고 축 처져 있으니 이 말밖에 할게 없지 않은가? 사실 편하겠지? 애써서 이기지 않아도 코치가 이런 말을 하고 있으니 말이야."

팀이 패배의 위기에 빠져 있기에 절망하더라도 그들에게 포기할 수 없는 하나가 있다면 바로 그들의 자존심이었다.

"패배감에 허우적대는 버러지들에게 메이저리거라는 명함은 너무 크지 않나? 그냥 트리플 A로 내려가는 게 낫겠지. 그런 너희에게 바라는 건 많지 않다. 딱 하나만 해 봐라."

"그게 뭡니까?"

코너 맥기네스는 그 점에 걸기로 했다.

욕먹을 각오를 하고 주먹을 불끈 쥔 그는 생각해 두었던 마지막 말을 꺼냈다.

"이상진한테 안타라도 하나 쳐 봐라. 그러면 너희가 메이저리거라는 걸 인정해 주지. 돈을 많이 처먹으면 돈값이라도 하란 말이다!"

＊　　　　＊　　　　＊

상진은 고개를 갸웃거렸다.

어딘가 모르게 경기장에 들어서는 LA 다저스 선수들의 분위기가 날카로웠다.

이쪽을 노려보는 일은 새삼스럽지도 않지만 여느 때와 달랐다.

"너를 엄청 노려보는데?"

"그러게. 웬일이지?"

상진은 의아하단 표정으로 다시 다저스 선수단을 훑어봤다.

생각보다 의욕이 있어 보이는 게 오히려 이상했다.

'역시 메이저리거라는 건가.'

보통 전세가 이쯤 기울어졌다면 자포자기해도 이상할 건 없다.

"웬일이긴. 오늘에야말로 드디어 원한이 절정에 달한 거지. 오오! 나는 지금 깊은 구렁텅이 속에 서 있도다. 이승이니 저승이니 내가 알 게 무엇이냐. 될 대로 되어라. 나는 그저 복수만 하면 그만이니라."

조나단이 갑자기 연극 투로 대사를 읊자 상진은 얼굴을 살짝 찌푸렸다.

요새 시간이 빌 때마다 연극을 보러 다닌다더니 이상한 걸 배워 온 모양이었다.

"그건 어디에서 나오는 대사야?"

"셰익스피어의 희곡, 템페스트에 나오는 대사지."

"그런 것도 외우고 사냐? 그럴 시간에 야구나 집중해라."

"이것도 전부 휴식을 위한 거야."

와이프가 보고 싶어 해서 함께 갔다가 푹 빠져 버린 조나단 은 입을 삐죽거리며 볼멘 목소리로 대답했다.

그리고 은근히 휴식을 위한 여가로 적당했다.

"아무튼 저 녀석들도 될 대로 되라인 상황일 거야."

"아마 그렇겠지. 3차전까지 연속으로 패했으니 이번에야말 로 나를 잡아 보려고 애쓰겠지."

"안타를 하나 쳐 보려고 할지도 모르지. 너한테서 안타를 쳐 낸 타자가 기념구로 챙겨 갔다던데? 누구인진 기억 안 나 는데 너는 기억하냐?"

"나도 몰라. 나는 안타 맞은 건 금방 잊어버리는 성격이라."

조나단의 말은 빈말이 아니었다.

이상진의 피안타율이 하도 낮다 보니 몇몇 타자들은 안타 를 치고 그 공을 기념구로 챙기는 일이 종종 있었다.

하다못해 홈런을 맞는다면 메이저리그 사무국에서 어떻게

든 챙겨 가려 할지도 모른단 소리도 있었다.

"그나저나 오늘은 만만치 않겠네?"

묵묵히 훈련을 하기 시작한 LA 다저스 선수들에게서는 흉흉한 기세가 뻗쳐 나오고 있었다.

그게 자신을 향한 감정임을 알고 있는 상진은 발걸음을 돌려 그들에게 다가갔다.

"어? 어어? 야! 어디 가?"

뒤에서 부르는 조나단을 무시하고 상진은 저벅저벅 다저스 선수들에게 걸어갔다.

연습을 하던 다저스 선수들은 이상진이 다가오자 흠칫 놀라며 고개를 돌렸다.

그들이 오늘 가장 의식하는 선수였다.

그리고 가장 두려워하면서 동시에 가장 꺾고 싶은 선수이기도 했다.

'안타 하나만 치면 된다.'

'점수까진 상관없어. 저놈한테 안타를 하나라도 쳐 낼 수 있다면 악마에게 영혼이라도 팔 수 있어.'

'휘두르다 보면 어떻게든 맞겠지.'

메이저리그 최상위에 포진하고 있는 LA 다저스 선수들의 뜨거운 시선을 받으면서 이상진은 계속 걸었다.

하던 훈련을 멈춘 다저스 선수들은 이상진이 대체 뭘 하는지 물끄러미 바라보고만 있었다.

하지만 이상진은 그들에게 시선조차 주지 않고 계속 걸어서 반대편 펜스 쪽으로 갔다.

마치 패션쇼라도 하는 듯한 모습이었다.

"인마, 미쳤어? 대체 뭐 하는 건데?"

"미치지 않았으니까 하는 짓이야."

다저스 선수단의 곁을 스치듯 지나간 이상진은 입가에 미소를 머금었다.

"재미있지 않아?"

"재미고 뭐고 대체 무슨 생각으로 한 건데?"

"무슨 생각이긴. 나를 의식하고 있으니까 놀려 보고 싶은 거지."

물론 다른 의도도 있었다.

상진은 고개를 돌려 다저스 선수들을 다시 훑어봤다.

아까는 독기를 품고 연습에 집중하던 그들이 눈에 띄게 흔들리고 있었다.

바로 자신의 존재 때문이었다.

'대체 이상진은 왜 지나간 거지?'

'우리를 관찰하는 건가? 왜? 어째서? 이상진이 여태까지 이런 적은 단 한 번도 없었는데?'

다저스 선수들은 연습에 집중하지 못했다.

그만큼 돌발적인 이상진의 행동에 대해 궁금했다.

대체 무슨 의도로 갑자기 접근해서 훑어보고 갔는가.

"놀리다니?"

"지금 저쪽은 어떤 이유에선지 몰라도 연습에 무척 집중하고 있지. 나는 그걸 그냥 흐트러뜨렸을 뿐이야."

"이런 악마 같은 녀석. 그러니까 너는 아무 이유도 없이 슥 지나가는 것만으로 다저스 녀석들의 집중력을 흐트러뜨렸다는 말이잖냐?"

고개를 끄덕이는 상진을 바라보며 조나단은 혀를 찼다.

심리전도 이런 심리전이 따로 없었다.

메이저리그 최고의 투수가 갑자기 돌발 행동을 하면 그 이유가 궁금해질 터.

경기가 시작하기 전까지 다저스 선수들은 집중력을 쉽게 회복하지 못할 것이다.

"나는 다저스 선수들이 체념했을 거라고 생각했어."

"그만큼 네가 등판했던 경기는 압도적이었으니까."

"그런데 생각보다 마음이 꺾이지 않았지. 그러니 한 번쯤은 더 심술을 부려도 좋잖아?"

이쯤 되면 심술이라기보다 LA 다저스 입장에서는 트라우마가 되지 않을까 싶었다.

조나단은 콧노래를 부르며 로커 룸으로 돌아가는 이상진을 혀를 차면서 뒤쫓아 갔다.

*   *   *

보고를 받은 데이브 로버츠는 인상을 찌푸렸다.

"선수들이 또 동요하고 있습니다."

"들어서 알고 있어."

이제 경기가 시작될 텐데 선수들의 동요는 여전했다.

그것도 단 한 명 때문이었다.

"그래서 이상진은 거기를 왜 지나갔다는 건가?"

"그걸 아무도 모릅니다. 다만 이상진이 우리 팀 선수들을 훑어본 다음 로커 룸으로 돌아갔고 거기에서 어떤 대화가 이루어졌는지는 알 수 없었습니다."

그 와중에 데이브 로버츠마저도 이상진이 왜 그곳을 지나갔는지 궁금해하고 있었다.

대체 어떤 데이터가 유출됐는지, 어떤 의도로 지나갔는지.

아무리 생각해도 알 수 없었기에 짜증까지 치밀어 올랐다.

"홀리오 유리아스는?"

"만전은 아니더라도 준비는 어느 정도 됐습니다. 커쇼도 불펜에서 대기하라고 해 놨습니다."

너무 당연한 이야기였다.

뒤는 존재하지 않는다.

오늘 패한다면 올 시즌 야구는 끝난다.

한 판이라도 어떻게든 이기기 위해서는 총력전을 펼쳐야 했다.

"여러모로 골치야, 골치. 다른 팀들도 이런 기분이었을까?"

"서로 피하고 싶어서 안달이었겠죠. 세인트루이스 카디널스가 주로 그랬을 겁니다."

"같은 리그에 같은 지구, 피하지도 못하는 라이벌 팀이라 손해 보는 게 많았겠지."

이렇게 되니 올 시즌 이상진이 가장 많이 등판했던 상대인 세인트루이스 카디널스가 불쌍해질 지경이었다.

그러면서도 시즌 최종전까지 승부를 끌고 갔으니 대단하기도 했다.

잠시 카디널스를 동정한 로버츠는 다시 정신을 차렸다.

지금 중요한 건 카디널스의 입장이 된 자신이었다.

"와아아아아아!"

"올라오는군요."

홈경기였기에 선발투수인 이상진이 먼저 마운드에 올라왔다.

그가 등장하자마자 리글리 필드에 가득 차 있는 시카고 컵스의 팬들은 일제히 환호했다.

그 환호성은 심판의 제지에도 계속될 정도였다.

"어마어마하군. 독립전쟁의 영웅이 등장해도 이 정도는 아닐 것 같은데."

"시카고 컵스는 그만큼 열광적인 팬들을 보유하고 있는 거죠."

데이브 로버츠는 경기가 시작되자마자 표정이 사라졌다.

이제부터 경기에 집중해야 했다.

무엇보다 LA 다저스에서 마지막인가, 아니냐를 결정짓는 경기였다.

긴장하지 않을 수 없었다.

"긴장감이 여기까지 전해져 오는군."

LA 다저스의 벤치에서 느껴지는 긴장감에 데이비드 로스 감독은 싱긋 웃었다.

이미 3승을 거뒀고 오늘도 승리한다면 바로 월드시리즈 진출이었다.

무척이나 유리한 상황이었기에 그는 여유가 흘러넘쳤다.

"그나저나 우리 에이스님은 또 저쪽의 신경을 긁었다면서?"

"그냥 훑어보고 왔을 뿐이라고 하는데 저쪽은 그렇게 생각하지 않겠죠."

그 말에 데이비드는 다시 웃음을 터뜨렸다.

이유를 묻지 않았다면 궁금해서 미쳐 버렸을 것 같은 돌발 행동이었다.

자신이 그럴 정도인데 다저스에서는 어떻게 생각했을지 뻔했다.

"아무튼 경기에서만이 아니라 반외 전술에서도 대단한 녀석이야."

"적이라고 상상하면 늘 끔찍하더군요."

"그러면 이제 시작이군."

팬들의 함성이 가라앉았다.

그와 동시에 이상진은 왼 다리를 슬쩍 들어 올렸다가 앞으로 내디디며 공을 힘차게 뿌렸다.

"스트라이크!"

경쾌한 파열음과 함께 내셔널리그 챔피언십 시리즈 4차전이 시작됐다.

＊　　　　＊　　　　＊

철벽, 무적, 철옹성, 난공불락.

국내 언론이 이상진을 표현하는 말은 여러 가지가 있었다.

그리고 이상진이 그것들 중 최고의 표현으로 꼽은 건 단 하나.

에이스였다.

시카고 컵스 최고의 투수이자 메이저리그 최고의 투수로서 자기 자신을 긍정하는 말.

팀을 이끄는 최고의 선수임을 증명하는 단어라고 생각해서였다.

따악!

그리고 상진은 자신의 키를 슬쩍 넘기는 타구에 황급히 뒤를 돌아봤다.

"아웃!"

아슬아슬하게 안타가 될 수 있었지만 중견수 제이슨 헤이워드가 몸을 던져 슬라이딩까지 하며 잡아냈다.

이것으로 2회까지 마무리 지었지만 상진은 여전히 찝찝했다.

마운드에서 벤치로 돌아가면서 다가온 조나단이 그 찝찝함을 확신시켜 주었다.

"저 녀석들, 뭔가 달라지지 않았어?"

확실히 달라졌다.

지난번처럼 패턴을 읽고 덤벼오는 것도 아니었다.

그렇다고 막무가내로 휘두르는 것도 아니었다.

어딘가 모르게 끈질기게 바뀌었다.

"구종을 읽어 내고 끈질긴 승부를 해 보려는 식으로 바뀌었어."

"맞아. 어떻게든 안타를 쳐 보려고 있는 힘을 다하는 것 같더라."

LA 다저스 선수들은 그동안 아주 치밀하게 대비를 해오거나, 혹은 지난번처럼 자포자기해서 막무가내로 배트를 휘둘렀다.

그런데 오늘은 선수들이 벤치의 사인을 받고 그에 따르는 것도 아니었다.

그렇다고 너무 막무가내로 휘둘러 의미 없는 스윙을 하는 것도 아니었다.

그들은 오늘 이상진을 끈질기게 물고 늘어졌다.

안타성 타구만 두 개가 나온 게 그걸 증명해 주고 있었다.

"이대로 가면 정신적으로 지칠지도 모르겠어."

"몇몇 녀석들은 네 공을 건드리는 것만을 목적으로 휘두르는 것 같았어."

벤치에서 사인도 나오지 않았다.

선수들은 그저 자기 자신의 능력대로 배트를 휘둘렀고, 자신의 공을 어떻게든 쳐 내려고 하는 의도가 역력히 드러났다.

"어떻게 할래?"

조나단의 질문에 상진의 입꼬리가 슬며시 올라갔다.

*　　　　*　　　　*

─안타! 이상진이 안타를 허용합니다! 오늘 첫 출루는 7번 타자인 포수 윌 스미스!

　선두 타자로 나온 윌 스미스가 안타를 쳐 내자 그들은 환호했다.
　하지만 그건 오래 가지 않았다.

　─병살! 8번 타자 키케 에르난데스가 병살타를 칩니다! 이거 아쉽겠네요!

　다저스의 벤치에서 탄식이 터져 나왔다.
　2루에서 아웃된 윌 스미스도 아쉬운 표정으로 연신 돌아봤다.
　그리고 병살타를 친 키케 에르난데스도 무척이나 민망한 표정이었다.
　"미안, 실수였어."
　"아니야. 그런데 오늘 뭔가 이상한데?"
　이상하긴 했어도 이상진에게 안타를 뽑아냈다는 사실에 고무되었다.
　그 이후에도 이상진은 이상하게 선두 타자, 혹은 두 번째 타자에게 안타를 허용했다.

매 이닝마다 안타가 나온다는 사실은 분명 예전과 달랐다.

LA 다저스 선수들은 이제 이상진의 체력이 한계에 다다랐다고 생각했다.

"좋아! 오늘의 이상진은 분명히 이상해! 체력이 바닥난 거야!"

"그렇게 던져 놓고 컨디션에 이상이 없다면 말도 안 되는 거였지!"

이렇게 생각한 다저스 선수들은 맹렬한 기세로 배트를 휘둘렀다.

안타라는 가시적인 성과가 있었기에 선수들의 표정은 한껏 밝아져 있었다.

그런데 5회까지 지나가자 데이브 로버츠는 돌연 등골이 오싹해지는 기분이 들었다.

'이 위화감은 뭐지?'

어딘가 모르게 묘한 기분이 들었다.

뭔가 놓치고 있다는 생각에 곰곰이 생각했다.

하지만 생각은 정리되지 않은 채로 6회를 맞이했다.

"이런 Shit!"

또다시 병살타를 치며 이닝이 끝나 버리자 로버츠 감독은 그제야 위화감의 정체를 알아냈다.

6회 초가 끝나는 순간, 자리에서 벌떡 일어난 그는 전광판을 노려봤다.

"우리를 가지고 놀고 있다는 거냐!"

끈질기게 승부해 오는 건 무척이나 귀찮은 일이었다.

벤치의 지시가 없어도 선수들은 능동적으로 움직이며 쳐낼 수 없는 공을 억지로 건드려서 파울을 만드는 일도 비일비재했다.

물론 이상진에게 그런 건 아무래도 좋았다.

하지만 투구 수가 늘어나는 것만은 사양하고 싶었다.

"아웃!"

늘 그렇지만 이렇게 끈질기게 승부해 오는 타자들을 상대할 때는 유효한 방법이 있다.

이번에도 유격수를 향해 굴러간 공은 그대로 1루수에게 전달됐다.

"아웃!"

"Shit! 빌어먹을!"

다저스의 타자들은 여지없이 돌아서야 했다.

간혹 안타가 나오기도 했지만 당연하다는 듯 병살로 이어졌고 득점으로 이어지지 않았다.

"저 자식! 우릴 상대로 장난치고 있어!"

"장난이라뇨?"

"저 자식은 지금 우리한테 안타를 맞는 게 아니야! 맞아 주고 있는 거라고!"

데이브 로버츠는 지금 상황을 눈치챘다.

이닝마다 안타를 하나씩이라도 쳐 낸다는 건 무척이나 고무적이었다.

하지만 뒤이어 나오는 병살타나 삼진으로 이닝이 끝나는 걸 보다 보면 눈치챌 수밖에 없었다.

오히려 너무 늦은 감이 있었다.

"타자들이 좋아하는 코스에 공을 찔러 넣어 주고 안타를 만든다. 그런 다음에 병살로 유도해서 투구 수를 절약하는 수순이잖나!"

그 말에 코치들은 황급히 이상진의 투구 수를 체크했다.

8회가 시작되는 지금 이상진의 투구 수는 고작 58개였다.

안타를 계속 맞았다면 투구 수는 기하급수적으로 늘어나야 했는데 이상진은 오히려 줄어들었다.

─안타! 8회에 미스터 리가 오늘 10번째 피안타를 허용합니다!

─이거 이상진 선수의 컨디션이 걱정되는데요?

─그건 걱정하실 필요가 없습니다. 이상진 선수의 투구 수를 보면 정답이 나오거든요. 그는 위기관리의 신입니다.

—예? 그게 무슨 말씀이신가요?

해설자는 이상진의 투구 수 관리와 더불어 경기 관리에 대해 침을 튀기며 칭찬했다.

그리고 해설을 듣던 중계 시청자들의 표정도 극과 극으로 갈리기 시작했다.

—말도 안 되는 소리 하네! 안타를 계속 맞는데?

—안타를 10개나 맞았는데 점수를 내주지 않았다는 걸로 증명되지 않았냐?

인터넷에서도 이상진의 컨디션에 문제가 있다는 입장과 그렇지 않다는 입장으로 갈렸다.

그때 이상진이 두 번이나 연속으로 안타를 맞았다.

—이건 좀 위험해 보이는데요? 노 아웃에 주자가 1, 2루에 있습니다. 드디어 이상진 선수가 점수를 내주는 건가요?

—아무래도 이상진 선수의 컨디션과 체력에 문제가 있다는 게 맞는 듯싶습니다.

—그건 두고 봐야 할 문제겠죠.

아나운서는 방금 전에 연달아 안타를 맞은 이상진에게 회의적인 반응을 내비쳤다.

그와 반대로 해설자는 아직도 자신만만한 표정이었다.

이상진에 대한 우려와 절대적인 믿음과 사이에서 사람들은 날카로운 신경전을 벌이며 자신의 말이 맞다고 주장하기 시작했다.

―벤치에서는 아무런 지시가 없습니다.

―그만큼 팀의 에이스를 믿는다는 거죠.

―하지만 이대로 간다면 대량 실점으로 이어질 수도 있습니다. 다저스의 타선은 그리 만만한 상대가 아닙니다.

서로 한 치도 물러서지 않고 날을 세웠다.

그때 팬들의 논쟁에 쐐기를 박는 장면이 나왔다.

무키 베츠와 코리 시거에 이어 6번 타자로 등장한 가빈 럭스의 배트에 공이 맞는 경쾌한 소리가 울려 퍼졌다.

그와 동시에 1루와 2루에 있던 코디 벨린저와 코리 시거가 동시에 달리기 시작했다.

하지만 공은 어처구니없을 정도로 빠르게 3루에 있는 데이비드 보트에게로 날아왔다.

"엇!"

"아웃!"

반사적으로 공을 잡은 데이비드 보트는 뭐라 생각할 겨를도 없이 베이스를 밟음과 동시에 2루로 던졌다.

하도 몸에 익숙해져서 반사적으로 나온 플레이였다.

"아웃!"

2루수 하비에르 바에즈는 3루수를 강습하는 타구를 본 순간 바로 2루 베이스를 밟고 공을 기다렸다.

그는 글러브에 공이 틀어박히는 알싸한 통증을 느끼자마자 바로 공을 빼서 1루를 향해 던졌다.

가빈 럭스는 죽어라 내달렸지만 마치 계산된 듯한 플레이는 어찌할 도리가 없었다.

바로 코앞에서 시카고 컵스의 1루수, 앤서니 리조가 공을 받으며 싱긋 웃는 모습을 보며 그는 어깨를 축 늘어뜨렸다.

삼중살.

다저스의 주자들은 순식간에 누상에서 사라져 버렸다.

"아웃!"

─트리플 플레이! 트리플 플레이가 나옵니다!

─아주 깨끗한 트리플 플레이입니다! 아웃카운트가 순식간에 채워집니다!

─이건 미스터 리가 유도해 낸 공입니다. 자, 마지막에 가빈

럭스 선수가 공을 칠 때의 장면이 나옵니다.

마침 중계 화면도 리플레이를 돌려서 보여 주고 있었다.
가빈 럭스의 스윙은 무척이나 깨끗했다.
이상진이 던진 94마일의 패스트볼을 아주 잘 공략하는 스윙이었다.

─자세히 보시면 미스터 리의 공이 아주 미세하게 아래로 꺾이는 걸 볼 수 있습니다. 이건 매우 의도적입니다.
─의도적이라고요?
─오늘 리가 투구 수를 절약하기 위해 던진 공들은 전부 이런 식이었습니다. 타자들이 좋아하는 코스로 넣어 주면서 동시에 마지막에 미묘하게 꺾여 정타가 만들어지지 않는 공들이었죠.

개중에는 정타가 되는 공도 몇몇 있었다.
하지만 그런 공이 나옴과 동시에 이상진의 공략 방법도 교묘하게 바뀌었다.

─미스터 리는 이렇게 안타가 나오면 바로 패턴이 바뀝니다. 안타가 나올 때까지 좋아하는 코스에 공을 던졌다면 안타

가 나온 직후에는 아주 살짝 비틀어서 던지죠. 하지만 자신만만하게 스윙을 한 타자의 입장에서는 방금 전처럼 어처구니없는 타구가 나오는 겁니다.

벤치로 돌아온 가빈 럭스는 주위의 차가운 시선을 받고 입을 꾹 다물었다.

뭐라고 할 수 있는 변명이 없었다.

자신이 삼중살을 쳐서 팀의 이닝을 말아먹은 건 사실이었으니까.

하지만 벤치에 돌아와서 차가운 시선을 받는 건 왠지 억울했다.

"젠장! 이상진이잖아!"

그건 그가 할 수 있는 최고의 변명이었다.

*   *   *

"수고했다."

"후우."

상진은 가만히 숨을 고르며 조나단의 격려에 웃어 보였다.

평소에 땀도 잘 흘리지 않는 이상진이었지만 오늘은 유독 땀을 많이 흘리고 있었다.

체력적인 문제라기보다는 집중력의 차이 때문이었다.

"힘드냐?"

"정신적으로 힘든 거지. 투구 수는 얼마 되지도 않으니까."

"그래도 이제 60개를 넘겼⋯⋯. 젠장, 8회가 끝난 시점에서 이렇게 말하니까 뭔가 우습네."

보통 투수들은 5~6회를 전후해서 90개를 넘긴다.

메이저리그에서 손꼽히는 투수들도 잘 관리해도 7회나 8회쯤에 8~90개 전후로 던지는 게 보통이었다.

하지만 이상진은 지금 8회가 끝났음에도 투구 수는 고작 63개였다.

그가 땀을 흘리는 이유는 따로 있었다.

"이게 최적의 방법인 건 알지만 가끔은 힘으로 찍어 누르고 싶어져."

지금 하고 있는 건 타자들의 심리를 극한까지 읽어 내고 그들의 배트를 유도해 내야 하는 야구였다.

이상진은 지난번에 퍼펙트게임을 달성했던 것 이상으로 집중하고 있었다.

단 한순간이라도 연속 안타를 맞는 순간 점수를 내주게 된다.

"1 대 0이라니. 숨 막힐 정도의 대결인데."

"그래도 이 정도면 적당하지."

시카고 컵스의 타선도 점수를 제대로 내지 못한 건 매한가지였다.

그래도 1점이라는 점수는 무척이나 귀중했고 다저스 입장에서는 너무나도 큰 점수였다.

"그런데 벌써 8회라니. 빠르기도 참 빠르네."

"이제 1이닝 남았어."

월드시리즈 진출까지 남은 이닝은 9회, 단 하나뿐.

조나단은 흥분한 표정으로 주먹을 불끈 쥐고 있었다.

하지만 상진은 담담한 얼굴로 고개를 가로저었다.

"아니, 1이닝이 지나면 이제 4경기가 남았지."

"이런 미친놈이. 월드시리즈도 4연승해서 끝내겠다는 거냐?"

"가능하다면 그렇게 해야지."

듣자하니 휴스턴 애스트로스와 뉴욕 양키스가 피 터지는 싸움을 하고 있었다.

양키스가 2승을 먼저 거둬서 유리한 고지를 선점했다지만 휴스턴도 만만찮은 팀이 아니었다.

"그나저나 월드시리즈라. 나도 처음 밟아 보긴 하네."

"한 번도 없었어?"

"어쩌다 보니 그렇게 됐지. 사실 월드시리즈를 가 본 선수보다 한 번도 못 가 본 선수들이 더 많을걸?"

밀워키 브루어스에서 텍사스 레인저스, 콜로라도 로키스, 오클랜드 어슬레틱스에 이어 로스앤젤레스 에인절스.

그리고 지금 몸담고 있는 시카고 컵스까지.

조나단 루크로이는 월드시리즈는커녕 챔피언십 시리즈에도 인연이 닿지 않았었다.

그래서 그에게 있어서 지금이야말로 최고의 시간이었다.

"가 보자."

그 말이면 충분했다.

방금 이상진이 한 말은 아웃카운트 3개를 책임졌다.

LA 다저스의 선수들은 그저 무력하게 무너질 뿐.

─시카고 컵스가 로스앤젤레스 다저스를 꺾고 월드시리즈에 먼저 발을 딛습니다!

─디비전 시리즈부터 챔피언십 시리즈까지! 무려 7연승을 달리며 단 한 번의 패배조차 허락하지 않습니다!

─이상진! 미스터 리! 9이닝 동안 단 한 점도 내주지 않고 완봉승을 거둡니다!

어떤 공략법도 통하지 않는 무적의 투수가 메이저리그에 데뷔한 첫해.

그가 사정권 내에 월드시리즈 우승컵을 넣는 순간이었다.

                    *   *   *

「이상진, 월드시리즈에 진출하다」

「데이비드 로스, 우리는 여기에 우승하러 왔다」

「LA 다저스, 데이브 로버츠 감독 경질. 차기 감독 물색」

「단 1승도 거두지 못한 충격에 휩싸인 LA 다저스, 내년 시즌 구상은?」

「시카고 컵스, 2021 시즌이 끝나고 만료되는 이상진과의 계약 은 꼭 맺는다」

메이저리그 관계자들은 전부 경악했다.

시카고 컵스는 단 한 번의 패배조차 허락하지 않고 질주하 고 있었다.

아니, 폭주라고 해도 과언이 아니었다.

"휴스턴 애스트로스가 다시 동률로 만들었네."

"어디가 올라올까?"

"뭐든 어때. 우리는 일찌감치 확정 짓고 쉬고 있으니 됐지."

계속된 연승에 시카고 컵스 선수들도 여유가 철철 넘쳐흘 렀다.

패배를 모르고 질주하는 팀의 기세는 선수단에게도 승리의

DNA를 심어 줄 정도로 강렬했다.

하지만 상진은 여전히 고민이었다.

"어느 쪽이든 간에 만만찮은 상대들이야."

"둘 다 상대해 본 입장에서 어땠어?"

"다저스하고 비슷했지. 솔직한 감상으론 다저스가 한 수 위라고 평가해도 되겠지만 월드시리즈에 올라온 이상 무슨 일이 벌어져도 이상하지 않아."

단기전이란 그런 법이다.

어떤 일이 벌어지든 이상하지 않고 전력을 퍼붓는 데 있어서 어떤 방법을 써도 허용된다.

그래서 이상진을 변칙 운용 하는 것도 비난은 있을지언정 포스트시즌이니 그럴 수도 있다는 반응이 대부분이었다.

"그런데 꼭 네가 전력 분석을 할 이유가 있냐?"

전력 분석팀이 사용하는 비디오 분석실은 두 곳 있었다.

그중 한 곳을 이상진이 점거하고 뉴욕 양키스와 휴스턴 애스트로스의 경기를 계속 돌려 보고 있었다.

"그러면서 너도 방에서 안 나가고 있잖냐?"

"어차피 너하고 같이 올라갈 텐데 의견 정도는 교환해 둬야 하니까 그렇지."

조나단은 투덜거리면서도 이상진의 옆에 꼭 붙어 있었다.

방금 전에 말한 것도 이유 중 하나였지만 무엇보다 휴스턴 애스트로스와 뉴욕 양키스의 경기가 궁금했다.

생각했던 것보다 만족스러웠고 수준 높은 경기였다.

"생각했던 것보다 대단한데?"

"그럭저럭이지. 이번 경기가 조금 예외일 뿐이야. 야구란 기본적으로 누가 더 잘했냐보다 누가 실수를 덜 했느냐가 중요하니까."

비단 야구에 관한 이야기만은 아니었다.

어떤 스포츠가 되더라도 잘하는 것보다 실수하지 않는다면 평균 이상의 경기가 만들어진다.

상진은 입꼬리를 슬쩍 끌어 올렸다.

"왜 웃어?"

"오랜만에 좋은 요리법이 떠올라서."

휴스턴 애스트로스와 뉴욕 양키스에 대한 감상평에 조나단은 어처구니없다는 듯 웃음을 터뜨렸다.

"넌 쟤네가 맛있어 보이냐?"

이상진에게 두 팀은 그저 맛좋은 먹잇감일 뿐이었다.

특명! 휴스턴을 짓밟아라

　뉴욕 양키스와 휴스턴 애스트로스의 아메리칸 리그 챔피언
십 시리즈는 6차전에서 마무리가 됐다.

　5차전에서 승리를 빼앗긴 양키스는 아쉽게도 6차전도 연이
어 패하며 시리즈 전적 2승 4패로 분루를 삼켜야 했다.

　그리고 2020 시즌 월드시리즈는 시카고 컵스와 휴스턴 애
스트로스의 경기로 결정됐다.

　"썩어도 준치라더니."

　"그게 무슨 말인데?"

　"한국에 있는 속담이야. 아무튼 휴스턴이 올라왔으니 맞춰

서 준비해야겠지."

이렇게 말하면서도 조금 놀라고 있었다.

상진은 휴스턴이 아니라 양키스가 올라올 거라고 생각했었다.

그런데 자신의 예상을 뒤엎고 휴스턴이 4승 2패로 월드시리즈에 발을 디뎠다.

"넌 양키스가 올라올 거라고 생각했나 보네?"

"가끔은 틀려 줘야 세상 사는 재미가 있지."

언제나 예상대로 굴러가면 세상은 재미가 없어진다.

그래서 이렇게 예상을 뒤엎는 결과가 나오는 것도 마음에 들었다.

조나단은 툴툴거리면서 상진의 옆에 털썩 앉았다.

"그나저나 휴스턴이라니. 쟤네는 눈치도 안 보이는 걸까?"

"눈치는 보이겠지. 하지만 그걸 뒤엎을 만한 실력도 있는 거야."

외부와 내부에서의 비판 여론에 몸을 사렸고 몇몇 경영진과 당시 감독은 자격 정지까지 받아야 했었다.

그리고 휴스턴은 과거 사인 훔치기 논란으로 우승 박탈 이야기까지 나왔었다.

그들의 입장에서는 다행히 우승을 박탈당하지 않았지만 팀 내부는 엄청난 혼란을 겪어야 했다.

하지만 그들은 월드시리즈까지 진출하는 데 성공했다.

온갖 비난을 감수하고 사인 훔치기 의혹에 눈총을 받으면서도 다시금 월드시리즈에 진출했다.

놀랍다고 해야 할지, 아니면 집념이 강하다고 해야 할지 알 수 없었다.

"그래도 결승전 구도는 나왔잖냐?"

"비겁한 방법으로 우승을 차지한 휴스턴 애스트로스, 그들을 징벌하러 나타난 내셔널리그 최강의 투수. 선악 대결이라는 구도는 별로 안 좋아하지만 이렇게 되면 화끈하게 징벌하는 모습을 보여 주는 것도 좋겠지."

시카고 컵스의 팬을 제외한 내셔널리그의 팀을 응원하는 팬들 대다수는 상진을 좋아하지 않았다.

자신들이 응원하는 팀을 인정사정없이 두들겨 팬 선수를 좋아할 수는 없었다.

하지만 그런 그들도 휴스턴 애스트로스는 탐탁잖게 생각했다.

—이번에도 치사한 방법으로 월드시리즈까지 올라온 거 아냐?

—메이저리그 사무국은 뭐 하는 거지? 조사 안 하고?

—우승 박탈을 안 하니까 저 새끼들이 다시 월드시리즈에 얼

굴을 내미는 거 아니냐고!

이런 식으로 분노하는 팬들 중에는 휴스턴에 의해 내셔널 리그와 챔피언십 시리즈에서 탈락한 팬들이 대다수였다.

그만큼 그들에게 새겨진 주홍글씨는 강렬했고 지우기 어려웠다.

"그래도 사람들이 하나 간과하는 게 있지."

"그게 뭔데?"

"휴스턴은 아무리 욕을 들어 먹어도 강팀이라는 거지. 아무리 치사한 방법을 썼다고 해도 뉴욕 양키스는 쉽게 이길 수 없는 팀이니까."

이상진 자신도 양키스가 올라올 거라 예상했었다.

그만큼 그들을 꺾고 올라온 휴스턴의 저력은 인정할 수밖에 없었다.

"다들 휴스턴을 욕하기 바쁘네."

"그럴 수밖에 없지. 어찌 됐든 간에 전력이 화려한 팀이잖아? 뭐, 상관은 없지만."

너무 여유작작한 태도였다.

조나단은 어처구니없다는 듯 웃으면서 주위를 둘러보며 말했다.

"너는 긴장도 안 하냐? 좀 긴장하는 티라도 내 봐라."

이제 남은 건 월드시리즈다.

겉으로는 드러내지 않아도 선수단 전체에 긴장감이 드리워져 있었다.

미소를 지으며 연습을 하고 있더라도 그 미소조차 굳어져서 딱딱해 보일 정도였다.

그리고 훈련을 감독하고 있는 데이비드 로스 감독의 얼굴도 잔뜩 굳어 있었다.

그런데 이상진만은 달랐다.

여유롭게 치킨너깃을 포크로 집어 먹으면서 동료들이 훈련하는 모습을 구경할 뿐이었다.

그 광경이 너무 이질적이라 눈에 띌 정도였다.

물론 체력 회복의 과정이고 동시에 컨디션 관리임을 아는 트레이너들과 코치들은 괜히 건드리지 않고 있었다.

"파파라치들도 네가 이러는 걸 이제 안 찍더라."

"내가 먹는 걸 보는 게 하루 이틀이어야지. 그렇게 먹어 대고 성적이 안 좋으면 아마 기세 좋게 물어뜯으려고 했을걸?"

"당연한 소리. 아무튼 간에 넌 참 대단한 놈이야."

이제는 너무 익숙해진 모습이었다.

온 세상을 뒤덮고도 남을 정도로 엄청난 자신감은 자신만만하다 못해 오만해 보일 지경이었다.

그럼에도 너무 믿음직스러워서 자신도 모르게 웃음이 새어

나왔다.

"아무튼 이제 내일모레 시작이구나."

월드시리즈.

그 장대한 막이 열리려는 순간이었다.

                    *   *   *

누군가는 매우 오만한 이름이라고 말하곤 했다.

그리고 다른 누군가는 적절하다고 표현하기도 했다.

월드시리즈.

세계 최강을 가린다는 말은 즉 메이저리그가 세계 최고의 야구 리그라는 자부심과도 같았다.

그리고 메이저리그를 보는 사람이라면 그 누구도 부정할 수 없었다.

네덜란드, 캐나다, 도미니카공화국 등 미국만이 아니라 세계 각지에서 오는 선수들이 끝없는 경쟁을 펼치며 최고임을 겨루는 곳.

그게 메이저리그였다.

그런 곳에서 우승을 가리는 것이야말로 세계 최강을 가리는 데 적합하지 않냐는 말에 다소 불만이 있는 사람도 고개를 끄덕이곤 했다.

"장관이네."

오늘 휴스턴 애스트로스의 홈인 미닛 메이드 파크에는 사람이 득실거렸다.

그들 중 절반이 휴스턴 애스트로스를 응원하는 사람이었다.

그리고 남은 절반은 오늘 등판하는 선발투수, 이상진을 보기 위해 온 사람들이었다.

"리! 리! 미스터 리!"

"Go! Cups go!"

"Hey! Chicago, What do you say The Cups are gonna win today~!"

응원가와 함께 이상진을 부르는 목소리가 한껏 울려 퍼지고 있었다.

그 광경을 바라보던 상진은 싱긋 웃었다.

"첫 경기가 홈경기였다면 얼마나 좋았을까."

"그거야 그렇지. 하필이면 이렇게 될 줄은 몰랐지."

2017년부터 올스타전에서의 승패가 아닌, 정규 시즌 성적으로 홈과 어웨이를 구분 짓게 됐다.

휴스턴이 시카고 컵스보다 정규 시즌 성적이 더 좋았기에 홈 어드밴티지는 휴스턴이 가져가게 됐다.

그래서 미닛 메이드 파크에서 1, 2차전이 열리게 됐다.

"그나저나 불안한데."

조나단의 투덜거림에 상진은 되물었다.

"뭐가 불안한데?"

"대부분 홈 어드밴티지를 받은 팀들이 우승하곤 했던 게 기억나서."

7차전까지 가는 일은 2011년에 한 번 있을 정도로 홈 필드 어드밴티지를 가진 팀이 먼저 우세를 점하는 일이 많았다.

대부분 홈경기를 먼저 시작하는 팀이 초반에 연승을 달리며 원정을 가서 상대의 심장에 비수를 꽂는 일이 잦았다.

작년, 2019년에 있었던 월드시리즈에서는 모든 경기에서 원정 팀이 승리를 거두는 진풍경이 벌어졌다고는 하나 먼저 홈경기를 갖는 팀이 유리하다는 건 변함없는 사실이었다.

"역시 초반 기선 제압이 최고겠지. 월드시리즈 전적으로도 충분히 증명된 거고."

"게다가 첫 경기 선발은 우리 팀의 에이스지. 확실하게 제압할 수 있어."

"그리고 보니 옛날에 정말 무시무시한 경기가 있었지. 랜디 존슨, 그리고 커트 쉴링이 현역으로 뛰던 시기였어."

"아아, 그때 월드시리즈는 살벌했지. 나도 기억하고 있어."

2001년 월드시리즈에서 애리조나 다이아몬드 벡스는 무시무시한 짓을 저질렀다.

1, 2차전에 바로 20승 투수이자 2점대 평균 자책점을 기록하고 있던 커트 쉴링과 랜디 존슨을 연이어 내보냈던 일이었다.

 단번에 두 경기를 제압한 애리조나 다이아몬드 벡스는 유리한 고지를 점했다.

 홈 필드 어드밴티지를 얻은 팀은 가장 중요하다고 여겨지는 1, 2차전을 홈에서 편안히 치르게 된다.

 게다가 원정에서 불리해지더라도 마지막 6, 7차전을 홈경기로 치를 수 있다.

 팬들의 응원을 등에 업고 심리적으로 가장 안정된 장소에서 월드시리즈를 치르는 것이야말로 무엇보다 큰 어드밴티지였다.

 원정 3~5차전을 연이어 패했다고 해도 홈으로 돌아와 6, 7차전을 승리해서 창단 첫 우승을 차지하는 영광을 손에 넣었다.

 그만큼 홈에서 얻는 이점은 대단했다.

 "오늘 컨디션 좋아 보이네."

 "당연하지."

 디비전 시리즈 1차전과 3차전, 챔피언십 시리즈의 1차전과 3차전, 그리고 4차전까지 연이어 등판했다.

 그럼에도 상진에게서는 힘든 기색 하나 찾아볼 수 없었다.

 체력적인 부담에 대해서는 이제 아무도 묻지 않았다.

 "널 보면 마치 커트 쉴링을 보는 기분이야."

"그때도 커트 쉴링은 1차전과 4차전, 그리고 7차전에 등판했었지?"

"그때의 7차전은 진짜 전설이었지. 커트 쉴링과 로저 클레멘스의 대결은 말 그대로 전설끼리의 대결이었어."

자신의 롤 모델 로저 클레멘스와 결코 물러설 수 없는 자리에서 맞붙게 된 커트 쉴링의 표정은 비장했었다.

어린 시절 꼭꼭 챙겨 봤던 메이저리그의 추억을 떠올리며 상진은 희미한 미소를 지었다.

"아쉽게도 휴스턴에 내 롤 모델은 없네."

"네 롤 모델이 있기는 하냐?"

"글쎄?"

이렇게 얘기하면서 상진은 쓴웃음을 지었다.

만약 시대가 비슷했다면, 조금만 더 차이가 좁았더라면 어땠을까.

똑같은 선발투수로서 마운드에 서서 상대하는 꿈을 꿨던 적이 있었다.

물론 꿈일 뿐이지만.

상진은 그렉 매덕스와 함께 마운드에서 서로 겨뤄보는 오래된 꿈을 떠올리며 자리에서 일어났다.

*   *   *

"당장 꺼져라!"

"네깟 놈들이 신성한 야구를 모독해 놓고 어디를 흙발로 디디는 거냐!"

경기장에 모인 사람들이 시카고 컵스와 이상진을 향해 환호하는 것과 반대로 휴스턴 애스트로스의 선수단에는 엄청난 야유가 쏟아졌다.

"지금 진정시켜야 하지 않겠습니까? 이건 폭동 직전입니다."

코치들은 당혹스러운 표정으로 말했다.

이대로 경기를 진행했다가 덜컥 승리하기라도 하면 선수들이 테러를 당해도 이상하지 않았다.

하지만 감독인 더스티 베이커는 팔짱을 끼고 눈을 감은 채로 아무 말도 하지 않았다.

"감독님!"

"조용히 하게. 괜히 항의를 한다고 변할 건 없네. 전부 우리가 감당해야 하는 과오니까. 경기장에 있는 보안 요원들에게 정말 격한 사람들만 조용히 조치해 달라고 하게."

물론 그가 짊어져야 할 무게는 아니었다.

휴스턴의 감독직을 허락한 이상, 각오하고 또 감내해야 했다.

하지만 지금 그에게 가장 무겁게 다가오는 건 메이저리그 관중들의 욕설도, 휴스턴 애스트로스가 짊어진 과오도 아니었다.

오늘 어깨를 짓누르는 건 바로 이상진의 존재감이었다.

'그러고 보니 지난번에도 호되게 당했었지.'

나름대로 분석했다고 생각했는데 전혀 뜻밖의 광경이 연출됐었다.

물론 지금은 다르다고 자부하지만 이상진의 능력은 끝을 몰랐다.

'체력적인 부담이 없단 사실은 놀랍다. 하지만 더 놀라운 건 이런 와중에도 끝없이 발전하고 있단 점이지.'

이상진은 너무 가파르게 성장했다.

그래서 약물 사용도 의심받았고 올해만 해도 10여 차례 넘게 도핑테스트를 받기도 했다.

하지만 결과는 무혐의.

그 어떤 검사에서도 메이저리그 사무국은 이상진의 약물 복용을 입증하지 못했다.

'그래서 더욱 대단하지.'

20세기 말 발생한 금지 약물 파동으로 인해 메이저리그의 도핑테스트는 엄격하다 못해 철저했다.

그럼에도 걸리지 않았다는 건 순수하게 본인의 실력으로 정상을 지키고 있단 뜻이었다.

물론 자신의 피를 자기 자신에게 되돌려 수혈하는 자가 수

혈법은 걸리지 않을 수 있으나 수없이 많은 파파라치에게 둘러싸여 있는 이상진이었다.

일거수일투족이 관찰당하는데, 자가 수혈과 같은 방식의 도핑은 어떻게든 걸리게 된다.

"선수들은?"

"동요하고 있습니다."

"상대가 이상진이라 더욱 그렇겠지."

그렇게 말하며 더스티 베이커 감독은 자조 섞인 미소를 지었다.

지난번에 상대하면서도 막막했는데 오늘은 더욱 심했다.

경기 시작을 알리는 심판의 목소리가 들려와도 자리에서 일어나는 그의 몸짓은 무척이나 힘겨웠다.

'패할 줄 알면서도 걸어 들어가야 하는 지옥이라니.'

말 그대로 오늘의 경기는 휴스턴에게 있어 지옥 그 이상이었다.

*   *   *

월드시리즈의 마운드.

불과 2년 전만 해도 꿈도 꾸지 못할 장소였다.

자신은 야구 변방이라는 한국에서도 충청 호크스라는 리

그 하위 팀에 소속되어 있었고 선발도 아닌 불펜에 불과했다.

월드시리즈는커녕 메이저리그도 꿈꾸지 못할 C급 투수였다.

'하지만 나는 여기에 있다.'

결코 넘보지 못할 거라 생각했던 장소에 발을 디뎠다.

절대 닿지 못할 거라 생각했던 메이저리그에 손이 닿았다.

하늘 위의 별을 따내는 것보다 훨씬 어려울 거라 생각했던 최종 무대, 월드시리즈에 드디어 도달했다.

"리! 미스터 리! 미스터리한 미스터 리!"

마운드에 올라가며 들리는 응원가에 상진은 손을 들어 관중들을 향해 흔들었다.

올해 메이저리그에 진출하여 처음으로 맞이한 시카고 컵스라는 팀.

이상진에 대해 반신반의했던 팬들은 이제 그가 없으면 살수 없는 몸이 되어 버렸다.

"우리들의 히어로! 우리들의 에이스!"

4년 만에 다시 올라온 월드시리즈에 팬들은 열광했다.

게다가 디비전 시리즈와 챔피언십 시리즈에서 단 한 번도 패하지 않고 올라왔다.

팬들의 입장에서는 이번에야말로 또다시 우승할 적기라고 생각했으며 이상진의 영입을 결정한 에릭 호이어 단장과 테오 엡스타인 사장을 칭찬했다.

─역시 테오 엡스타인! 우승 청부사답다!

─저주를 끊은 것만으로 부족해서 쐐기를 박는구나!

─올해 새로 우승컵 들어 보자!

어떻게 보면 열정적이고 팀에 무한한 애정을 보내는 건 충청 호크스나 시카고 컵스나 비슷했다.

야구에 대해서 자세히 알든 모르든 그들은 경기장을 찾았고 팀을 응원했다.

열정적이다 못해 광기에 가까울 정도로 흥분한 팬들의 응원 속에서 상진은 공을 만지작거렸다.

1회 초에 시카고 컵스를 삼자범퇴로 물리친 저스틴 벌렌더가 남긴 발자국을 슬쩍 지운 상진은 휴스턴의 벤치를 바라봤다.

'휴스턴의 분위기는 최악이다.'

마운드에서 보는 휴스턴 애스트로스의 벤치 분위기는 온갖 고난을 헤치고 월드시리즈에 올라온 팀답지 않았다.

오히려 지구 꼴찌라도 한 듯한 얼굴들이었다.

개중에는 어딘가 후련해 보이는 표정을 짓는 선수들도 있었다.

'벌써 자기만족을 하는 걸까? 정신 나갔군.'

월드시리즈라는 무대가 워낙 거대하고 화려하다 보니 올라온 것만으로 만족하는 선수들이 있었다.

굳이 입 밖으로 말을 꺼내진 않았지만 시카고 컵스에도 그런 선수들이 몇몇 있었다.

올스타전과 마찬가지로 월드시리즈에서 경기를 뛰었다는 것만으로도 자신의 커리어를 채울 수 있으니 어찌 보면 당연한 이야기일 수도 있었다.

하지만 상진은 만족할 수 없었다.

'사나이가 칼을 뽑았으면 무라도 베어야 하는 거 아닌가?'

이건 아버지의 입버릇이기도 했다.

야구를 처음 시작했을 때도, 무척이나 힘들어서 관두고 싶었을 때도 아버지는 이렇게 얘기했었다.

어른들의 억지에 가까운, 혹은 허세나 다름없는 말이었지만 상진은 그럴 때마다 이를 악물고 해 봤다.

노력해 보자. 그러고도 안 된다면 깨끗하게 포기하자.

그런 식으로 야구를 계속해 오다 보니 여기까지 왔다.

'무가 아니라 아예 세계를 베어 버릴 상황이 되어 버렸지만.'

아마 아버지는 지금쯤 중계를 보면서 시끄럽게 고함을 지르다가 어머니에게 혼나진 않을까.

사실 오늘 초대하고 싶었지만 아직 세계적으로 시끄러운 전염병의 여파가 남아 있어서 쉽게 올 수가 없었다.

그래서 아쉽지만 월드시리즈 1차전에, 아들이 선발로 나오는 경기를 직접 보여 드릴 순 없었다.

상진은 심판의 경기 속행 신호가 떨어지자마자 글러브 안에서 그립을 쥐고 있던 공을 꺼내 힘차게 던졌다.

"스트라이크!"

101마일을 기록하는 포심 패스트볼은 공을 받는 조나단의 손을 얼얼하게 만들 정도의 구위를 가지고 있었다.

"스트라이크!"

96마일에 육박하는 투심 패스트볼은 교묘하게 휘어지며 1번 타자 조지 스프링어의 몸 쪽을 파고들었다.

바깥으로 빠져나갈 듯하다가 갑자기 몸 쪽으로 휘어지는 공에 움찔 놀란 조지 스프링어의 눈썹이 분노로 꿈틀거렸다.

하지만 아무리 배트를 꽉 움켜쥐고 필살의 각오로 휘두른다고 해도 불가능한 일이 가능하게 되진 않았다.

"스트라이크! 타자 아웃!"

마지막에 던진 체인지업이 뚝 떨어지며 조지 스프링어의 배트는 허공을 갈랐다.

삼구 삼진.

이상진은 자신의 첫 월드시리즈 경기를 화려한 삼진으로 시작했다.

*   *   *

"네놈들이 정말 야구를 하는 선수인 게 틀림없냐?"

3회 말 휴스턴의 공격이 끝났다.

그리고 도저히 참을 수 없었던 더스티 베이커 감독의 고함이 터져 나왔다.

덕장으로 유명했고 선수들을 잘 다독이며 선수단의 사기를 유지하는 데 일가견 있다는 그도 지금과 같은 상황은 납득할 수 없었다.

"단 스물일곱 개! 스물일곱 개의 공과 아홉 개의 삼진! 너희는 지금 이상진에게서 볼 하나도 이끌어 내지 못한 얼간이란 말이다!"

아무도 변명하지 못했다.

변명할 수도 없었다.

3회 공격을 끝내고 남은 건 삼진 아홉 개라는 참혹한 기록뿐이었다.

수비를 위해 그라운드로 나가는 선수들을 바라보며 그는 얼굴을 감싸 쥐었다.

"이겨도 본전인데 이런 경기력이라니."

볼 하나도 빼앗지 못하고 전부 삼진을 당해 버렸다.

굴욕도 이런 굴욕이 없었고 처참해도 너무 처참했다.

크리스티 매튜슨과 월터 존슨과 같은 선수들을 비롯해서

사이 영이나 샌디 코펙스, 하다못해 랜디 존슨이나 그렉 매덕스와 같은 전설의 야구선수들.

그리고 최고로 손꼽히는 베이브 루스 같은 선수가 전성기 기량으로 찾아온다고 해도 상대할 수 있다는 자신감이 있었다.

그런데 그런 자신감이 오늘 짓밟히고 있었다.

'다저스가 맥없이 무너진 것도 우연은 아니야.'

LA 다저스와의 경기에서 이상진은 선발 두 번, 불펜으로 한 번, 총합 세 번이나 등판했다.

그리고 동시에 소름끼치는 사실 하나를 깨달았다.

'보통 단기전에서 같은 투수를 여러 번 만나면 타자들은 금방 타이밍을 잡지. 그런데도 다저스 같은 팀이 무너졌다는 건가?'

LA 다저스가 이상진과 세 번 만나면서 뽑아낸 안타는 손에 꼽을 정도였다.

투수 하나가 팀 하나를 초토화시킬 정도의 위력이란 말과 같았다.

곰곰이 생각하던 베이커 감독은 쓴웃음을 지으며 고개를 가로저었다.

"체력적인 약점을 이야기하는 건 말도 안 되는 소리겠군."

"무슨 말씀이십니까? 이상진의 체력이라면 위험한 수준이 아니겠습니까?"

"아니, 그건 다저스와 똑같은 실수를 범하는 꼴이 될 거야."

LA 다저스가 범한 실수는 바로 이상진의 상황을 자신들에게 유리한 쪽으로 끼워 맞췄단 점이었다.

이상진이 연속적으로 등판하자 체력적인 문제가 있을 거라 생각하고 전력을 투입했다.

하지만 결과는 대실패.

그들은 1승도 거두지 못하고 시카고 컵스에게 완패당했다.

"언제나 상대방에 대해서는 최악의 상황을 가정하고 그걸 토대로 대비해야겠지."

"그러면 이상진의 체력은 정상이라는 말씀이신가요?"

"그렇지. 시카고 컵스의 데이비드 로스 감독은 생각보다 냉철한 사람이었어."

그들은 이상진을 무리해서 투입하는 게 아니었다.

체력적인 면에서 버틸 수 있다는 자신감이 있기에 투입한 것이었다.

억지로 전력을 짜내는 것과 활용할 수 있는 전력을 적재적소에 활용하는 건 하늘과 땅만큼 차이가 있었다.

그리고 이상진의 투구는 명백히 후자였다.

"그래도 체력적인 부분에서 생길 문제를 걸고넘어질 수밖에 없지. 그게 한탄스러워."

투수 하나를 공략하지 못해서 체력적인 부분을 물고 늘어져야 한단 사실이 씁쓸했다.

그나마 오늘 휴스턴의 선발투수는 저스틴 벌렌더였다.

이런 상황 자체를 가정하진 못했어도 이쪽에서 내놓을 수 있는 선발투수 중 최강의 카드였다.

"그래도 공략할 수 있는 데까지는 해 봐야겠지."

*   *   *

더스티 베이커 감독의 작은 소망과 달리 경기는 투수전으로 흘러갔다.

이상진은 8회가 될 때까지 삼진을 무려 22개나 잡아내는 기염을 토해 냈다.

물론 볼넷조차 주지 않아 또다시 퍼펙트게임을 달성할 기세였다.

—이대로 간다면 미스터 리는 포스트시즌에서 퍼펙트게임을 두 번 달성하는 전무후무한 기록을 달성하게 됩니다!

—저스틴 벌렌더도 7이닝 동안 무실점으로 잘 던져 줬지만 교체됩니다.

8회 말 시카고 컵스의 공격을 막아 낸 휴스턴의 선수들은 그나마 한숨 돌렸다는 표정을 지었다.

하지만 그것도 잠시, 9회 초 휴스턴 애스트로스의 공격을 막기 위해 마운드에 오르는 이상진을 질린다는 얼굴로 바라봤다.

"미친. 그렇게 던지고도 아직도 던질 힘이 남아 있다는 건가?"

이상진의 얼굴은 무척이나 평온했고 지친 기색조차 보이지 않았다.

아직도 힘이 펄펄 넘쳐흐르는 야생마 같은 얼굴에 휴스턴 선수들은 질린다는 표정을 지었다.

"스트라이크!"

그리고 던지는 공의 구속이나 구위도 전혀 떨어지지 않았다.

공 하나하나의 위력은 마치 1회를 보는 듯한 기분이었고 휴스턴의 타자들이 먼저 지쳐 나가떨어질 지경이었다.

8번 타자인 마틴 말도나도 역시 이상진의 앞에서는 힘도 써보지 못하고 맥없이 무너졌다.

"스트라이크! 타자 아웃!"

"허허, 미치겠군."

9번 타자이자 투수 교체 겸 대타로 나온 요르단 알바네스도 마찬가지였다.

그의 배트는 크고 아름다운 스윙을 그려내며 돌아갔다.

하지만 그 궤적 안에 이상진이 던진 공은 없었다.

"스트라이크! 아우우우우우웃!"

이상진의 공은 단 하나의 예외조차 허용하지 않고 포수의 미트로 파고들었다.

단 하나의 안타도, 단 하나의 볼넷도 내주지 않는 퍼펙트게임이 완성되는 순간이었다.

하지만 한 가지 아쉬운 점이 있었고, 그것 때문에 경기는 끝나지 않았다.

—퍼펙트게임입니다! 9회에 시카고 컵스가 점수를 내지 못한다면 10회로 넘어가게 됐습니다!

—휴스턴 애스트로스가 아메리칸 리그의 챔피언답게 시카고 컵스를 물고 늘어집니다!

—과연 시카고 컵스는 9회에 점수를 만들어 미스터 리의 부담을 덜어줄 수 있을 것인가!

＊   ＊   ＊

결과적으로 시카고 컵스는 9회 초에 점수를 내는 데 실패했다. 2사 2, 3루의 상황까지 만드는 데 성공했지만 마지막 공이 좌익수 플라이 아웃이 되고 말았다.

타석에서 맥없이 돌아온 선수들은 입술을 깨물며 상진에게 미안하단 제스처를 취했다.

1회부터 9회까지 단 하나의 안타도, 볼넷도 내주지 않고 막아 낸 에이스에게 점수 지원을 해 주지 못한다는 것이 너무 면목이 없었다.

하지만 상진은 웃으면서 동료들을 격려해 줬다.

"10회 때 점수를 내면 되지. 안 그래? 난 이겨 주기만 해도 돼."

그 말을 남긴 상진은 누구보다 먼저 그라운드로 나갔다.

"와아아아아!"

"리!"

이상진이 9회 말에도 마운드에 모습을 드러내자 팬들은 일제히 환호하면서 동시에 걱정이 가득한 표정을 지었다.

누가 뭐래도 올해 포스트시즌의 화젯거리는 바로 이상진의 체력이었다.

오늘 경기에서도 9이닝 넘게 던지게 된 그의 체력이 걱정되지 않을 수 없었다.

"괜찮을까?"

"투구 수는 괜찮을 텐데."

오늘 경기만 놓고 보면 이상진의 체력이나 이닝 소화는 무리가 없었다.

하지만 휴스턴이 기대를 걸고 있는 것처럼 이상진은 디비전 시리즈부터 등판 간격이 매우 짧았다.

체력적인 부담이 있는지 없는지 무척이나 걱정됐다.

하지만 그걸 아는지 모르는지 상진은 1번 타자로 올라온 조지 스프링어를 향해 있는 힘껏 공을 던졌다.

아름다운 호를 그리며 날아간 포심 패스트볼.

그리고 전광판을 바라본 팬들은 표기된 구속에 일제히 놀라며 탄성을 내질렀다.

"오오!"

"와! 99마일이라니!"

"리는 정말 괴물 같아!"

9회 말에 등판한 이상진이 초구로 던진 포심 패스트볼의 구속은 아직도 99마일이나 나왔다.

벌렌더를 비롯한 휴스턴 애스트로스의 선수들은 짜증스러운 표정을 지으며 고함을 질렀다.

"저놈은 지치지도 않냐고!"

아무리 이상진이라고 해도 지치지 않을 리는 없었다.

다른 사람들의 눈에는 멀쩡해 보여도 상진의 구속과 구위는 완만하게 떨어지고 있었다.

그걸 눈치챈 건 포수인 조나단이었다.

그 역시 9회까지 쪼그려 앉아 공을 받아 왔기에 무척 피곤했다. 하지만 아무리 작더라도 투수의 변화를 눈치채지 못할 정도로 어수룩하진 않았다.

"힘드냐?"

"평소보다는 조금 힘드네."

"웬일이냐? 순순히 인정하고."

어떠한 경우에도 우는 소리 한 번 안 하던 상진이었기에 순순하게 힘들다는 이야기를 할 줄 몰랐다.

그래도 조나단은 웃으면서 어깨를 으쓱거렸다.

"그래도 이런 상황이 재밌지 않냐?"

"재미있기는 개뿔. 뭐, 이런 게 월드시리즈의 수준이라고 할 수 있겠지만 나는 얼른 끝내고 내려가서 따끈한 음식이나 먹고 싶다."

월드시리즈라는 이름답게, 그리고 초전을 승리로 장식하며 기선 제압을 하기 위해 양 팀이 노력하고 있었다.

하지만 승부보다는 승리를 원했다.

이렇게 승부가 길어진다면 재미는 있을지언정 지금처럼 투수 본인에게 오는 부담은 매우 컸다.

"힘들면 얘기하든가. 감독님도 교체해 주실 거야."

"다른 투수한테 괜히 넘겨줬다가 지면?"

"어우, 그건 좀 무섭네."

상진은 그런 부담을 주면서 다음 투수에게 마운드를 맡겼을 때 패할 가능성을 언급하고 있었다.

안 그래도 9회까지 퍼펙트하게 게임을 이끌어 온 이상진이었다. 누군가가 뒤이어 등판한다면 받을 부담은 상상을 초월했다.

그런데 실수로라도 점수를 내주고 패한다면 받을 비난은 어마어마할 것이다.

"그러니까 나는 내가 시작한 게임은 내가 끝내고 싶어. 내려가더라도 퍼펙트가 깨진 다음에 내려가야겠지."

"네 말을 듣고 나니 그렇겠네. 그래서 얼마나 더 던질 수 있는데?"

"지금까지 87개 던졌으니까 앞으로 50개쯤 남았으려나?"

"이런 미친놈이."

투구 수가 생각보다 적더라도 이미 소화한 이닝이 너무 많았다. 그럼에도 50구 정도 더 던질 수 있다면 적어도 2~3회는 더 버틸 수 있단 말과도 같았다.

살짝 맺혀 있는 땀을 닦아 내는 상진을 보며 조나단은 헛웃음을 지었다.

"아무튼 네 체력에는 감탄만 나온다."

"그럼 더 감탄해 봐."

"어떻게?"

상진은 가볍게 들고 있던 공을 위로 던졌다가 잡아채면서 씩 웃었다.

"직접 보면 알지."

        *   *   *

―미스터 리가 전무후무한 퍼펙트 행진을 보여 주고 있습니다!

―누가 이걸 상상했을까요? 한국의 무명 선수가 메이저리그에 진출하여 첫해에 리그를 제패하고 있습니다!

―올해 시카고 컵스가 월드시리즈 우승을 차지하지 못한다고 해도 포스트시즌에서 퍼펙트게임을 달성한 이상진의 이름은 누구나 기억할 것입니다!

―시카고 컵스의 10회 초 공격은 7번 타자 조나단 루크로이부터 시작됩니다!

해설자와 아나운서마저도 두 손에 땀을 쥐고 경기를 중계하고 있었다.

과연 시카고 컵스는 10회 초에 점수를 낼 수 있을 것인가.

이상진은 10회 말에도 등판해서 퍼펙트게임을 마무리 지을 것인가.

아니면 11회까지 이어져서 휴스턴에게 퍼펙트가 깨질 것인가.

그리고 이상진이 포스트시즌 2회, 월드시리즈에서의 퍼펙트게임을 달성할 수 있는가.

이야깃거리를 좋아하는 메이저리그에 쏟아질 새로운 전설이 이미 기자들의 노트북에서 대기 중이었다.

그런 가운데 조나단 루크로이는 시카고 컵스와 경기장에 모인 모든 사람의 기대에 부응했다.

─조나단 루크로이의 안타! 어어? 어어어? 조나단 루크로이가 1루를 돌아 2루까지 뜁니다!

─좌익수의 송구! 아슬아슬합니다!

─판정! 판정은 어떻게 됐습니까?

조나단은 온힘을 다해 슬라이딩을 하며 간신히 2루 베이스에 손을 뻗었다.

심판의 팔은 좌우로 벌려졌다.

아슬아슬한 세이프.

그때 휴스턴 애스트로스 측에서 바로 비디오 판독을 요청해 왔다.

하지만 결과는 변함없었다.

비디오 판독 결과 조나단의 손이 아슬아슬하게 빨랐다.

"와아아아아!"

"이걸 해내다니! 조나단! 너야말로 이상진의 파트너답다!"

"이번 이닝에 점수를 내고 끝내자!"

조나단은 바로 대주자인 니코 호너와 교체되어 2루에서 물러났다.

데이비드 로스 감독의 판단은 명쾌했고 단호했다.

지금 점수를 내서 확실하게 승패를 결정짓겠다는 뜻이었다.

그러나 그다음에 올라온 타자인 이안 햅이 초구에 휘두른 스윙에 공이 빗맞으며 아웃카운트가 하나 추가됐다.

이안 햅 다음으로 올라올 타자는 바로 이상진.

투수의 타석이었기에 다들 탄식했다.

웬만해서 투수의 타석일 때는 안타를 기대하는 것보다 번트나 진루타를 기대한다.

그리고 올 시즌 이상진의 타율은 0.204였다.

포스트시즌, 그것도 월드시리즈이기에 혹시 모를 안타를 기대하긴 했어도 아웃카운트가 오를 확률이 더 높단 사실을 다들 알고 있었다.

"어우, 무서워라."

상진은 마틴 말도나도에게 원어민 이상으로 능글거리면서 말을 걸었다. 평소에 트래시 토크를 잘 안 하던 이상진이었기에 마틴의 눈썹이 꿈틀거렸다.

"무슨 생각이야?"

"무슨 생각이긴. 경기를 끝내 버릴 생각이지."

마틴은 벤치 쪽을 흘끗 바라봤다. 벤치에서는 이상진에 대해서 번트를 조심하라는 사인을 보내고 있었다.

하지만 마틴은 그렇게 생각하지 않았다.

1사에 주자가 2루인 상황에서 번트를 대는 건 지금 상황에서 무척 애매했다. 이상진과 컵스의 입장에서는 차라리 힘껏 배트를 휘둘러 나올 행운의 안타를 기대하는 편이 더 나았다.

"스트라이크!"

그런데 이상진은 아무런 행동도 하지 않고 가만히 배트를 든 채 서 있었다. 마운드에 있던 조 스미스도, 포수인 마틴도 고개를 갸웃거렸다.

'그냥 놔둘 생각인가?'

공을 잘못 건드려서 3루수에게 가기라도 한다면 2루에 있는 대주자 니코 호너가 아웃당하게 된다.

그렇다면 2아웃에 주자는 1루뿐.

지금보다 최악의 상황이 된다.

'하지만 그렇게 생각한다면 방금 전의 트래시 토크는 이해가 가지 않아.'

이상진이 저렇게 트래시 토크를 했다는 건 뭔가 숨기고 있는 거라고 생각한 마틴은 바로 사인을 바꾸었다.

하지만 다음 공에도 이상진은 별 반응이 없었다.

"볼!"

'착각인가?'

이상진이라는 존재가 너무 거대해서 자신도 모르게 경계했던 게 아닐까. 마틴은 고개를 갸웃거리면서 다시 자리를 잡고 사인을 보냈다.

이렇게 아예 배트를 휘두르지 않는다면 오히려 고마울 따름이었다.

그래도 뭔가 마음에 걸리는 게 있었다.

"스트라이크!"

이제 카운트는 원 볼 투 스트라이크까지 만들어졌다.

이상진으로서도 물러설 수 없는 카운트였다.

일부러든 아니든 간에 불리한 상황이 됐으니 이상진도 움직이지 않을 수 없게 됐다.

마운드에 있던 조 스미스가 와인드업 자세를 하며 왼발을 앞으로 딛는 순간.

이상진도 움직였다.

"후우, 이런 기분 오랜만인걸."

타석에 서서 이런 긴장감을 맛보는 건 오랜만이었다.

투수로서의 역할만 제대로 해 왔어도 여태까지 오는 데 무리는 없었다.

하지만 휴스턴과 시카고의 전력을 엄밀히 따져본다면…….

'우리가 조금 불리한 건 사실이지.'

시카고 컵스가 오늘 경기에서 우세를 점할 수 있던 건 오로지 자신의 힘뿐이었다. 그리고 승리를 거두려면 하나가 더 필요하단 것도 알고 있었다.

'이제는 내가 해내야 한다.'

오늘 경기에서 승리한다면 일은 잘 풀리게 된다.

저스틴 벌렌더를 물리쳤다는 것도 의미가 있지만 무엇보다 휴스턴 애스트로스에게 한 방 먹이는 셈이 된다.

그들이 예전에 사인을 훔쳤든 그렇지 않든 자신에게 있어서 큰 의미는 없었다.

지금 중요한 건 오늘 이기느냐 마느냐였다.

'그동안 참 능력을 많이 올리기도 했지.'

시스템의 도움으로 많이 성장했다.

이제 투수로서는 시스템이 필요 없을 정도가 됐지만 타격은 아니었다.

그래서 오랜만에 상진은 시스템을 불러냈다.

[사용자: 이상진(타자)]

―콘택트: 74

―파워: 72

―주루: 68

―수비: 99

―선구안: 92

—보유 스킬(타격): 손 가는 대로 만든다, 엄마의 손맛, 정확한 레시피, 위대한 음식

—남은 코인: 1개

—포인트: 271/7,000

이미 포인트는 상한선이 7천에 달해 코인 하나 얻는 데 엄청난 시간을 들여야 할 정도가 됐다.

하지만 지금 중요한 건 그게 아니었다.

[모든 건 맛에 달려 있다]

—당신의 모든 파워를 맛을 내는 힘으로! 아무리 반죽을 하는 데 힘을 들여도, 재료를 준비하는 데 힘을 들여도 정확하지 않으면 소용이 없는 법. 당신이 재료를 가장 정확하게 요리할 수 있도록 해 드립니다!

설명은 구구절절 있지만 효과는 단 하나.

'자신의 파워를 콘택트로 몰아 주는 거지.'

다만 이걸 쓰고 나서 부작용이 하나 있었다.

예전에도 한 번 써 봤지만 모든 능력치가 남은 경기 동안 끝없이 떨어지게 된다. 시즌 말에 완투하지 못하고 8이닝만 소화했던 경기가 하나 있던 것도 이것 때문이었다.

'하지만 지금은 끝내기 상황.'

지금 점수를 낸다면 11회까지 갈 필요도 없이 경기는 끝나

게 된다.

지금까지 만들어 놓은 퍼펙트게임도 자신의 손으로 완성하게 된다.

그래서 주저 없이 능력을 발동했다.

[〈정확한 레시피, 위대한 음식〉 스킬이 발동합니다.]

따악!

공이 배트에 맞는 것과 동시에 2루에 있던 니코 호너가 달리기 시작했다. 주자마저도 곧바로 확신할 정도로 완벽한 타구였다. 배트의 정중앙에 맞은 공은 투수의 머리를 훌쩍 넘겨 중견수 바로 앞에 떨어졌다.

─이상진 안타! 안타입니다! 2루 주자 니코 호너가 3루를 돌아 홈으로! 홈으로 파고듭니다!

─중견수 조지 스프링어가 잡아서 홈으로 송구합니다!

─세이프! 세이프입니다! 니코 호너가 조금 더 일찍 홈을 터치합니다!

─이상진의 결승타! 이상진이 자신의 손으로 퍼펙트게임을 완성합니다!

*   *   *

이상진의 위력적인 공은 10회 말 휴스턴의 공격도 완벽하게 잠재워 버렸다.

10이닝 퍼펙트라는 이름하에 팬들은 소름끼치는 광경을 두 눈으로 똑똑히 구경하고 있었다.

「자신이 만든 퍼펙트는 자신이 지킨다. 이상진의 결승타」
「완벽한 경기, 완벽한 마무리, 이상진은 야구의 신인가」
「인기 폭발! 메이저리그 최고의 투수 설문조사에서 이상진이 당당히 1위」
「승리 예감! 이상진에게는 특별한 것이 있다!」

포스트시즌에만 퍼펙트게임 2회를 달성한 유일한 선수.

그리고 월드시리즈에서 퍼펙트게임을 달성한 역대 두 번째 선수가 된 이상진은 말 그대로 대스타가 됐다.

경기가 끝나고 그라운드에 나온 상진은 관중석에서 떠나지 않고 아직도 남아 있는 원정 팀 응원석의 컵스 팬들에게 기립 박수를 받았다.

"리! 미스터리한 미스터 리! 우리들의 영웅! 우리들의 주인공!"

어딘가 익숙한 멜로디에 가사만 새로 덧입힌 이상진의 응원가가 울려 퍼졌다.

경기장이 떠나가라 노래를 부르는 이상진은 모자를 벗고

사방을 향해 고개를 숙였다.

"와아아아아아아!"

그리고 인터뷰 시간이 됐다.

오늘 인터뷰를 맡은 CNS의 리포터 제시카 헤이워드는 무척이나 상기된 얼굴이었다.

그도 그럴 것이 오늘 메이저리그 117년 역사에 자신의 힘으로 새로운 기록을 남긴 투수를 앞에 두고 있었다.

내셔널리그로만 따진다면 144년 만에 나온 전무후무한 능력을 가진 투수였다.

"이, 이상진 선수! 이렇게 오늘 퍼펙트게임을 달성하신 것을 정말 축하드립니다! 더불어 월드시리즈에서 역대 두 번째 퍼펙트게임을 기록하신 것을 진심으로 축하드려요!"

"정말 감사합니다. 저야말로 퍼펙트게임을 달성하리라곤 생각하지 못했습니다. 생각해 보면 메이저리그에 와서 노히트노런보다 퍼펙트게임을 더 많이 달성하리라곤 생각도 못 했네요."

농담조로 한 말이었지만 듣는 사람들 중에는 웃지 못할 사람이 있는 말이었다.

노히트노런보다 퍼펙트게임을 더 많이 기록한 투수.

누군가는 야구 인생에서 단 한 번도 기록하지 못할 퍼펙트게임을 챔피언십과 월드시리즈에서 연달아 달성한 이상진.

그는 괴물과도 같았다.

"목표는 당연히 우승이시겠죠?"

"물론입니다. 시카고 컵스와 저는 무조건 우승을 차지할 생각을 하고 있습니다."

"그러면 그 외에 다른 목표가 있으신가요?"

사람의 속을 은근슬쩍 긁는 질문이 아니라 바로바로 다음으로 넘어가는 시원시원한 질문이었다.

상진은 씩 웃으면서 손가락을 하나 치켜세우며 리포터의 입술로 가져갔다.

"하나 있지만 비밀입니다."

휴스턴 애스트로스에게 있어서 이번에 얻어맞은 일격은 그리 충격적이지 않았다.

물론 1선발인 저스틴 벌렌더를 소모했다는 건 타격이었다.

"이상진이 상대였던 만큼 반반이라고 생각했지만 이 정도로 괴물일 줄은 몰랐어."

회의실에 나타난 더스티 베이커 감독이 처음으로 꺼낸 말이었다.

눈 밑에 생긴 거무죽죽한 다크서클과 푸석푸석한 머릿결은 하루가 지났음에도 그조차 패배의 충격에서 벗어나지 못했음을 여실히 보여 주고 있었다.

이상진이 나왔으니 패할지도 모른다는 생각은 했다.

그래도 저스틴 벌렌더를 1선발로 내세운 건 자존심이었고 체력전으로 끌고 가 이상진을 상대할 생각이었다.

혹시 모를 가능성에 걸어 봤지만 설마하니 10이닝이나 퍼펙트게임으로 끌고 가서 패배를 안겨 줄 거라곤 생각조차 못 했었다.

"그래도 이상진의 타격 능력은 어떻게 보면 운에 따른 결과일지도 모릅니다."

"그럴 수도, 아닐 수도 있지. 어찌 됐든 우리는 오늘 경기를 대비해야 하는 입장이고."

이쪽의 선발은 잭 그레인지, 그리고 시카고 컵스의 선발은 카일 핸드릭스였다.

작년에 평균 자책점 3.14를 기록했던 그는 올해 2점 후반대로 진입하며 완숙한 기량을 자랑했다.

"오늘 카일 핸드릭스는 꼭 무너뜨려야 합니다!"

"맞습니다. 오늘도 패한다면 휴스턴은 시리즈를 연달아 내줘야 할지도 모릅니다."

"자자, 우리가 열을 내기 전에 선수들을 다독이도록 하지. 이상진에게 패한 것은 월드시리즈에 와서 너무 흥분한 선수들에게 좋은 약이 될 수 있어."

휴스턴 선수들은 작년의 설욕을 하겠다며 약간 흥분한 상태였다.

그리고 1차전에서 패배하고서 그 흥분은 다소 가라앉았다.

하지만 대신 패배의 충격이 그들을 덮쳤다.

그걸 잘 수습해야 강팀으로서의 자격이 있는 것이고 더스티 베이커 감독은 그럴 자신이 있었다.

하지만 그건 착각이었다.

"우우우우!"

"때려치워라! 이 미친 새끼들아!"

이 정도 야유는 애교였다.

월드시리즈를 관전하러 온 메이저리그의 팬들은 전부 휴스턴의 적이었다.

그들은 사인 훔치기 논란의 주인공이 다시 한번 월드시리즈를 제패하는 걸 원하지 않았다.

휴스턴은 2차전의 카일 핸드릭스를 상대로 5이닝 동안 6점을 뽑아내며 선전했다.

하지만 그동안 잭 그레인키와 뒤이어 등판한 불펜 투수 윌 해리스는 합쳐서 무려 8실점이나 했다.

"타선이 뭉쳐도 화력이 저쪽을 넘지 못하는군."

"위기 상황을 어찌어찌 버티는 카일 핸드릭스를 내리지 않으니까요."

더스티 베이커가 고개를 들어 반대편 더그아웃을 바라보자 팔짱을 끼고 버티고 있는 데이비드 로스 감독의 얼굴이 보였다.

시카고 컵스의 초년 감독이라고 해서 얕봤는데 의외로 뚝

심도 있었고 자신의 고집을 밀고 나가는 재주도 있었다.

"카일도 4회부터 안정됐고. 역시 컵스 벤치의 리더였던 전력답게 휘어잡는 데는 일가견이 있는 모양이야."

2016년 월드시리즈 우승을 차지할 때도 벤치에서 선수단의 사기를 관리하며 백업 포수로서 최선을 다했던 데이비드 로스.

그 재능은 감독으로서도 유효했던 듯했다.

"이대로 밀어붙일까요?"

"음, 투수는 크리스 데벤스키로 교체하고 오늘 타율이 좋지 않은 카를로스 코레아를 잭 메이필드로 교체한다."

교체를 지시하면서 투수에게 사인을 보낸 더스티 베이커 감독의 얼굴에는 지친 기색이 역력했다.

이게 전부 어제 경기의 여파였기에 더더욱 화가 났다.

'어제 이상진이 나올 게 뻔했으니 힘을 빼고 오늘 벌렌더를 투입했더라면 어땠을까.'

뒤늦은 후회였고 돌이킬 수 없는 일이었다.

그래도 할 수밖에 없는 후회였다.

그깟 자존심이 밥 먹여 주는 건 아니었지만 피할 수 없는 승부였기도 했다.

왜냐하면 이상진의 이름 뒤에 붙는 칭호는 '현존하는 메이저리그 최강의 투수'였으니까.

'아무도 인정하지 않는다고 해도 그를 회피했어야 했어.'

선수들은 그와의 승부에서 승리하지 못한다면 우승을 해도 한 것으로 인정받지 못하리라 말했다.

더스티 베이커는 그들의 자존심을 위해서, 그리고 자신의 자존심을 위해 그 승부를 받아들였고.

그 결과는 참혹했다.

'이제부터는 냉철한 승부사로 행동한다. 팀의 전력을 최대한 이끌어 내고 위기를 회피해야 한다.'

이상진이 앞으로 최소 두 경기는 더 올라올 것이다.

그걸 완벽하게 피하고 우승할 수 있는 방법은 무엇일까.

이런저런 생각을 하던 더스티 베이커는 한숨을 내쉬며 다시 현실로 돌아왔다.

우선 오늘, 이상진이 등판하지 않는 경기에서 승리하는 게 중요했다.

*　　　　　*　　　　　*

결과적으로 2차전도 휴스턴의 패배로 이어졌다.

카일 핸드릭스를 어떻게든 털었지만 서로 덩달아 터지기 시작한 타선의 폭발력은 시카고 컵스가 한 수 위였다.

점수는 9 대 8로 아슬아슬한 패배였지만 이미 시리즈 전적에서 2패라는 커다란 손실이 생겼다.

그래도 이제 3차전부터는 원정경기였다.

"2019년에는 전부 원정 팀이 승리하더니 올해도 똑같은 건가."

홈 어드밴티지로 홈팀이 승리하는 패턴은 작년에 완전히 뒤집힌 적이 있었다.

그래서 이번에는 다시 바뀔지도 모른다고 생각했으나 그대로였다.

"그렇다면 우리한테도 원정에서 승산이 있을지도 모르지."

작년처럼 원정 팀이 계속해서 승리하는 패턴이라면 3차전부터 원정경기를 갖게 되는 휴스턴에게도 얼마든지 가능성은 있었다.

그래서 베이커는 그런 이야기로 선수단을 독려했고 어느 정도 기세를 회복했다.

문제는 이상진이었다.

'투수 하나 때문에 이렇게까지 골머리를 앓는 건 오랜만이군.'

과거에도 이만큼 자신을 고민하게 만든 선수들이 있었다.

그렉 매덕스도 그러했고 랜디 존슨, 커트 쉴링, 톰 글래빈, 페드로 마르티네즈나 로저 클레멘스와 같은 선수들이 앞을 가로막았다.

'기본적으로 수 싸움에 능하며 가지고 있는 압도적인 구위나 구속으로 타자를 상대하는 이상진. 엄밀히 따지자면 전설

로 여겨지는 그들보다 위에 있다.'

인정하기 싫지만 인정할 수밖에 없었다.

물론 명예의 전당에 오르거나 팬들의 기억에 오래오래 남는 레전드의 반열에 오르려면 꾸준한 성적을 내야 할 것이다.

하지만 메이저리그 역사에서 한동안 완성형 투수라고 한다면 2020년의 이상진이 기억될 것이다.

"그동안 이상진은 3차전에 불펜으로 등판했었지?"

"예. 이번에는 다르빗슈 유가 선발로 등판할 테니 챔피언십이나 디비전 때처럼 불펜으로 나오리라 생각됩니다."

"흐음."

변함없는 패턴이라면 그럴 가능성은 충분히 있었다.

하지만 오랜 세월 메이저리그의 감독으로 활동해 온 더스티 베이커의 감각은 방금 전 들은 코치의 말을 부정하고 있었다.

그러면서도 데이브 로버츠처럼 일말의 재고도 없이 내치지도 않았다.

잠깐 고민하던 그는 헛웃음을 지으며 의자 등받이에 몸을 기댔다.

"투수 하나가 팀을 쥐락펴락하는군."

"왜 그러십니까? 이상진이 등판하는 건 기정사실 같습니다만."

"그것 때문이야. 투수 하나가 등판하느냐 마느냐 때문에 팀의 전략이 오락가락하는 현실이 너무 어처구니없어서 그런다네."

이상진이 불펜으로 등판하게 된다면 그 전에 승부를 지어야 했다. 그렇기에 초반부터 패턴을 빨리 가져가고 선발인 다르빗슈 유를 확실하게 잡아놔야 했다. 휴스턴에게 유리한 상황을 이끌고 간다면 이상진은 등판하지 않을 것이다.

하지만 휴스턴이 불리해지면 이상진은 반드시 등판한다.

고작 한 명 때문에 휴스턴의 전략이 뒤흔들리는 상황이 더스티 베이커의 마음에 들지 않았다.

"하지만 어쩔 수 없지 않습니까? 그는 시카고 컵스 전력의 절반입니다."

"절반밖에 되지 않는다니. 그를 과소평가하는군. 나는 그가 최소한 3분의 2는 된다고 생각하네."

엊그제 자신에게 트래시 토크를 걸어왔다는 마틴 말도나도의 말도 떠올렸다.

그는 심리를 읽는 능력만 있는 게 아니었다. 경기를 운영하는 데도 자질이 있었다. 게다가 타석에 서 있는 타자의 심리 상태를 읽는 통찰력도 어마어마한 수준이었다.

보통의 선수들이 보지 못하는, 보다 고차원적인 무언가를 본다고 봐도 무방했다.

'나중에 코치나 감독을 해도 참 잘할 것 같은 재목이야.'

하지만 그건 말 그대로 먼 미래의 이야기였다.

이상진이 이대로 전성기를 구가한다면 은퇴는 적어도 10년은 지나야 하지 않을까 싶었다. 그렇기에 베이커는 고개를 흔들어 잡념을 털어 내고 다시 경기 구상에 집중했다.

이번만큼은 반드시 승리해야 했다.

*　　　　　*　　　　　*

"투입할 틈을 주지 않는군."

선발로 등판한 다르빗슈 유는 포스트시즌에 들어와 제대로 된 능력을 보여 주지 못하고 있었다.

슬라이더면 슬라이더, 패스트볼이면 패스트볼.

가리지 않고 공략당한 그는 3회까지 7실점을 하며 무너졌다.

데이비드 로스 감독은 씁쓸한 표정으로 입맛을 다시며 이상진에게 휴식을 명령했다. 상진도 아쉬운 얼굴로 경기장을 바라보면서 자리에 털썩 앉았다.

"아쉽게 됐네요."

"어떤 게?"

"포스트시즌 들어와서 첫 패배잖아요."

상진의 말에 데이비드는 다시 피식 웃었다.

시카고 컵스는 포스트시즌 들어와서 첫 패배를 당하게 됐다.

올해 홈에서 치르는 첫 홈경기였기에 리글리 필드에 모인 팬들에게 승리를 선사해 주려고 했었다.

그것도 무산되어 왠지 아쉬웠다.

"그래도 상관없어."

"내일은 제가 등판하니까요."

"무리하는 것 같다고 생각된다면 바로 교체하겠다."

"이상이 있으면 말씀드리죠."

"너를 믿지 않는 건 아니지만 네 말을 믿기에는 언제나 조마조마한 부분이 있어. 그러니 조나단의 의견을 참고하도록 하지."

상진은 입술을 비죽거리면서도 다시 미소 띤 얼굴로 돌아왔다. 이제 시카고 컵스의 그 누구도 이상진에 대해 의심을 품지 않았다. 동양의 작은 나라 출신이라고 무시하는 일도 없었다. 그는 나서기만 하면 승리를 가져오는 승리의 화신이자 야구의 신이었다.

"그리고 나는 패배에 연연하지 않는다. 그런 거에 연연했다면 올 시즌 초부터 안절부절못했을 거다."

그건 이상진도 마찬가지였다. 그는 이번 시즌을 치르면서 새삼 데이비드 로스 감독을 달리 보게 됐다.

처음에는 이상진도 데이비드가 에릭 호이어 단장이나 테오 엡스타인 단장의 입김으로 앉은 바지 감독 정도라고 생각했다.

하지만 그는 달랐다.

시카고 컵스에서 우승을 했던 멤버라는 것만이 아니라 스스로 지닌 카리스마로 벤치를 휘어잡았다.

그것뿐만이 아니라 존 레스터 등과 함께 동고동락했던 추억으로 선수단과 공감대를 형성하는 데 성공했다.

선수단과 감정을 공유하고 공감대를 만들었으며 카리스마로 그들을 이끌었기에 올 포스트시즌 진출이 가능했다.

이상진은 그렇게 생각하고 있었다.

"솔직히 말해서 월드시리즈까지 오게 된 건 네 덕분이다."

말로 하기에는 다른 선수들이 있었기에 굳이 말하지 않은 것도 있었다.

데이비드 로스는 시카고 컵스의 전력을 많이 가 봐야 디비전 시리즈, 혹은 와일드 카드 정도라고 생각했다.

그런데 이상진이라는 존재 하나 덕분에 모든 게 바뀌었다.

"그렇게 말씀해 주시니 감사합니다."

"아니다. 나뿐만이 아니라 다른 선수들도 그렇게 생각할 거다."

고개를 돌려 보니 존 레스터를 비롯한 고참급 선수들부터 미구엘 아마야와 같이 아직 어린 선수들까지, 전부 고개를 끄덕이며 감독의 말에 동의하고 있었다.

"선수들을 대거 교체한다."

데이비드 로스 감독은 결정을 내렸다.

"4차전 선발은 미리 고지했던 대로 이상진이다."

오늘 경기에서 승리할 수 없음을 순순히 인정한 그는 바로 다음 경기로 시선을 돌렸다.

"그리고 우리는 내일 다시 한번 전력을 다해 휴스턴을 무너뜨린다."

그 투수에 그 감독

　홈구장인 리글리 필드의 마운드에 등장하자마자 함성이 터져 나왔다.

　휴스턴의 홈인 미닛 메이드 파크에서 들었던 함성과 비교하면 하늘과 땅만큼 차이가 있었다.

　"리! 리! 미스터리한 미스터 리!"

　또다시 울려 퍼지는 응원가에 상진은 손을 들어 그들에게 화답해 주었다.

　시카고의 제왕은 당당한 모습으로 마운드 중간에 섰다.

　그리고 반대로 휴스턴 타자들은 그 모습에 주눅이 들었다.

"하아, 저 자식을 어떻게 이기지?"

휴스턴의 1, 2번 타자인 조지 스프링어와 호세 알투베는 머리를 맞대며 이를 갈았다.

여태까지 둘이 합쳐서 이상진에게 쳐 낸 안타는 단 하나도 없었다.

이대로 무너진다면 휴스턴뿐만이 아니라 개인적으로 그 둘에게 불명예스러운 일이었다.

무엇보다 오늘 패한다면 1승 3패로 코너에 몰리게 된다.

'7전 4선승인 월드시리즈에서 2패와 3패는 주는 압박감부터 다르다.'

물러설 곳이 있는 것과 절벽에 몰린 것은 엄연히 다른 느낌을 준다.

그렇기에 이상진은 오늘 반드시 승리해서 휴스턴을 궁지에 몰아 버릴 생각이었다.

"스트라이크!"

"와아아아아!"

이상진의 포심 패스트볼이 포수 미트에 파고들고 전광판에 구속이 표시된 순간.

관중석에 있는 관중들은 모두 벌떡 일어났다.

그동안 이상진이 기록한 최고 구속은 102.1마일이었다.

그런데 방금 전에 기록한 구속은 바로 103마일이었다.

시속 165.76킬로미터라는 무시무시한 구속에 관중들은 입을 떡 벌렸다.

─미친!
─결국 이상진이 이걸 찍는구나!
─역대 한국 강속구 투수들 중에 165킬로미터를 찍은 선수가 있었냐?
─국내에서 145킬로미터 가지고 강속구라고 하는 투수들 다 대가리 박아!

새벽에 월드시리즈를 시청하고 있던 팬들조차도 무척이나 놀랐고 인터넷은 단숨에 떠들썩해졌다.

하지만 103마일을 기록한 상진은 무덤덤한 표정으로 전광판을 바라봤다.

"왜 여기까지 내려왔어요?"

"감상이나 들을까 하고."

"집중력 흐트러지니까 돌아가요."

굳이 마운드까지 내려온 영호를 매몰차게 몰아내는 이상진의 표정은 영락없는 맹수였다.

이를 드러내고 으르렁대는 모습에 영호는 혀를 찼다.

"내가 호랑이 새끼를 키웠어."

"스트라이크!"

"이렇게 스트라이크를 잘 집어넣으면서 집중력이 흐트러지기는."

"아, 올라가라고요, 좀!"

"간다, 가. 더럽고 치사해서라도 나는 간다."

그렇게 얘기는 했어도 영호는 뒤로 조금 떨어진 곳에서 팔짱을 낀 채 상진의 뒷모습을 바라봤다.

'언제 이렇게 컸을까.'

처음에는 애물단지 하나를 끌어안았다고 생각했다.

하지만 시간이 가면 갈수록 애착이 생겼다.

그리고 이제 와서는 틱틱거리는 모습을 보니 마음 한편이 오묘했다.

마치 사춘기 아들내미가 아버지에게 반항하는 모습을 보는 듯했다.

'하여튼 간에 실력 좀 좋아졌다고 벌써 날 괄시하다니.'

그러면서도 쓸쓸하게 입맛을 다실 수밖에 없었다.

'이제 남은 날은 일주일뿐.'

짧다면 짧고 길다면 긴 인연에 종언을 고할 때가 됐다.

그래서 영호는 지금 이 순간을 즐기기로 했다.

"스트라이크! 타자 아웃!"

이상진의 활약을 보는 것이야말로 영호가 이승에서 맛볼

수 있는 최고의 즐거움이었다.

　　　　*　　　　　　*　　　　　　*

"스트라이크! 아우웃!"

심판의 경쾌한 아웃콜과 함께 이상진의 열 번째 삼진이 선언됐다.

이닝을 끝마치고 내려가던 상진은 환호하는 관중들을 향해 고개를 숙였다.

그들은 모두 충청 호크스의 주황색 유니폼을 입고 있었다.

"저거 네가 한국에 있을 때 있던 팀 유니폼 아니냐?"

"맞아. 올해는 5위로 와일드카드가 됐다던데 뭐, 다들 알아서 잘했겠지."

심드렁한 어조로 얘기는 했어도 충청 호크스의 경기는 꼬박꼬박 챙겨 볼 정도로 관심을 두고 있었다.

안 그래도 엊그제 한현덕 감독과 전화 통화를 하기도 했다.

언제 돌아오냐는 농담을 주고받으면서 동시에 월드시리즈 우승을 기원한다는 이야기를 듣기도 했다.

어제 일을 생각하던 상진의 어깨를 툭툭 치며 조나단은 음흉한 미소를 지었다.

"그렇게 얘기하면서도 지난번에는 동영상으로 경기를 풀로

보더만."

"젠장! 그거 어떻게 알았어?"

"어떻게 알긴. 뒤에서 몰래 다가가도 알아채지 못하더라. 그래도 아쉽더라. 와일드 카드전 2차전까지 가서 패했잖냐."

"그것까지 알고 있었냐?"

친정 팀에 신경을 쓰고 있단 사실을 들키자 상진의 얼굴이 시뻘게졌다.

평소답지 않게 부끄러워하는 상진을 보며 시카고 컵스의 선수들은 동시에 웃음을 터뜨렸다.

"우리도 뭐 예전 팀들 가끔 신경 쓰는걸."

"괜히 신경 쓰지 말라고, 브로."

"이런 Shit."

오만상을 찌푸린 이상진은 투덜거리면서 육포를 거칠게 물어뜯었다.

투덜거리는 상진의 옆에 앉은 조나단은 어깨동무를 하면서 씩 웃었다.

"그래서 오늘의 휴스턴은 어때?"

"별로 대수로울 것 없어."

"천하의 휴스턴을 두고 그렇게 말할 수 있는 사람은 너뿐일 거다. 그래도 지난번에 비해서는 조금 더 끈질겨졌던데?"

상진은 말없이 고개를 끄덕였다.

일단 구속을 최대로 높인 포심 패스트볼에 타이밍을 맞춰 오는 게 중요했다.

"포심이라고 생각하면 무조건 최고 구속에 맞춰서 휘두르고 있어."

"덕분에 구속을 속이는 게 도움이 되긴 했지만 말야."

휴스턴 선수들은 상진이 패스트볼을 던진다고 생각이 되면 무조건 103마일이라는 구속으로 생각하고 있었다.

패스트볼의 구속을 자유자재로 조절하는 만큼 아예 타이밍을 하나로만 좁혀놓은 것이었다.

그래서 안타까지는 아니더라도 심상찮은 타구가 만들어지기도 했다.

"구속을 최대로 내리면 얼마까지 돼?"

"대충 85마일까지 가능할 거 같네."

"와우, 그 정도면 체인지업 아니야?"

"그거보다 조금 더 빠르게 던질 수도 있으니까 미리 말을 해 놔. 사인이나 정해 두게."

믿을 수 없지만 이상진의 기량은 정규 시즌 막판과 비교해서 오히려 완숙해져 있었다.

레퍼토리 자체는 예전과 다를 건 없었다.

패스트볼로는 투심과 포심, 커터를 던졌고 변화구로는 커브, 슬라이더, 체인지업이 있었다.

그리고 간혹 사이드암으로 던지는 변칙 투구는 타자들의 타이밍을 빼앗는 데 제격이었다.

"그런데 그 그립은 투심 아니야? 아닌가? 처음 보는 그립인데?"

조나단은 벤치에 앉아 있는 이상진이 이상한 그립을 쥐는 걸 보고 기겁했다.

"투심이긴 한데 조금 더 변화를 줘 볼까 하고."

"됐다, 됐어. 이제 와서 또 무슨 변화를 하겠다고 그러냐. 차라리 시즌 끝나고 해라. 난 새로운 사인 외우는 데 지쳤다, 지쳤어."

조나단은 워낙 많은 이상진의 패턴에 간신히 적응했다.

그런데 또다시 패턴이 추가될지도 모른단 소리에 기겁할 수밖에 없었다.

"알아. 이건 이번 포스트시즌에서는 안 던질 거야."

"그럼 내년에 던지겠다는 거지? 그럼 난 컵스에서 도망칠 거다."

"어딜 도망가려고? 내년에도 전담 포수를 해 줘야지."

"젠장. 내가 어쩌다가 이런 녀석하고 걸려서."

"이런 녀석하고 걸렸으니 월드시리즈까지 왔지."

한마디도 지지 않고 받아치던 상진은 잠시 입을 다물었다.

관중석에서 환호하는 관중들의 목소리와 야구공이 배트에

맞는 타격음이 마치 꿈과 같이 들려왔다.

아니, 꿈이 현실에 덧씌워진 것만 같았다.

자신이 160킬로미터가 넘는 공을 던지는 것도 꿈같았고 메이저리그의 선수들을 압도하는 것도 환상 같았다.

"조나단."

"뭐야? 갑자기 그윽한 눈빛을 하고?"

"음, 아니야."

뺨을 한 대만 때려달라고 하려던 상진은 조나단의 표정을 보다가 이내 고개를 가로저었다.

저 녀석에게 그런 부탁을 했다가는 뺨이 아니라 아가리가 날아갈 것 같아서였다.

대신에 있는 힘껏 자신의 뺨을 때린 상진은 얼얼한 감각을 느끼며 글러브를 챙겼다.

"와아아아아아!"

팀의 공격이 끝났으니 마운드로 돌아갈 시간이었다.

*   *   *

"예상은 했지만 버거워."

"게다가 시카고 컵스의 타선도 터져 주는군요."

바로 어제까지 저스틴 벌렌더, 잭 그레인키, 호세 우루퀴디를 동원한 휴스턴은 오늘 프람버 발데스이 5이닝을 소화한 후 불펜 투수들을 투입하기 시작했다.

"점수를 너무 내줬어."

사실 원래대로라면 저스틴 벌렌더가 등판해야 하는 타이밍이었다.

하지만 오늘 또다시 등판한다면 다시 1선발 카드를 패배로 몰아넣는 꼴밖에 되지 않았다.

그래서 벌렌더 본인의 반발을 무릅쓰고 프람버 발데스를 투입했다.

그나마 이게 다행이었다.

"그에 비해서 우리는 점수를 너무 내지 못했죠."

"어차피 확정된 패배라지만 이렇게 무력하니 너무 맥 빠지는군."

이상진에게 휴스턴의 타선이 변비보다도 더 꽉꽉 막혀 있는 동안 시카고 컵스는 브래드 피콕을 시작으로 이어진 휴스턴의 불펜 투수진을 탈탈 털고 있었다.

그들은 7회까지 6점을 내면서 점수 차를 벌렸다.

"작년 월드시리즈부터 어제까지 이어진, 원정 팀이 이긴다는 징크스도 오늘 깨지게 됐고요."

그게 무척이나 아쉬웠다.

이상진에 의해 징크스가 깨지리란 것도 예상하곤 있었지만 어떻게 보면 미신보다도 더욱 지긋지긋한 게 바로 징크스였다.

"어찌 됐든 오늘은 일단 접고 내일을 준비해야겠지."

너무 씁쓸한 패배 선언이면서 동시에 현실을 인정하는 냉철한 판단이기도 했다.

이상진에게는 이길 수 없다.

현 시점에서 메이저리그의 감독과 선수, 그 누구를 붙잡고 물어보더라도 똑같은 대답을 할 것이다.

무엇보다 이상진을 바라보면 1차전에 당한 10이닝 퍼펙트게임의 잔상이 남아 있었다.

그 사실은 오늘 타격만 봐도 알 수 있었다.

타자들은 1회부터 누구보다 적극적으로 이상진의 공을 향해 배트를 휘둘렀다.

하지만 제대로 맞는 공은 거의 없었고 어쩌다가 빗맞은 행운의 안타가 하나 나왔을 뿐이었다.

그러다 보니 선수들의 의욕은 타순이 한 번 돌자마자 바로 곤두박질쳤다.

이런 시점에서 경기를 더 진행하는 건 의미가 없었다.

"내일은 저스틴 벌렌더가 등판하고 홈으로 돌아간다면 다시 잭 그레인키가 나올 차례지."

"선발 계획은 그렇게 정해졌습니다만 7차전은 어쩌실 생각이십니까?"

"젠장."

내일 승리한다면 시리즈 전적은 2승 3패가 된다.

잭 그레인키가 6차전을 승리한다면 7차전에 돌입하게 되는데 그때의 선발이 문제였다.

만약 그렇게 된다면 누가 등판할지 뻔했다.

점쟁이가 아니라 세 살 어린애에게 물어본다고 해도 똑같은 이름을 말할 것이다.

미스터 리, 이상진.

시카고 컵스의 에이스는 월드시리즈 7차전에 충분히 등판할 체력과 실력을 가지고 있었다.

"저 괴물은 지치지도 않나."

                    *   *   *

「이상진, 4차전에서 완봉승. 시카고 컵스는 3승 1패로 유리한 고지 점령」

「저스틴 벌렌더의 8이닝 무실점 역투, 휴스턴이 간신히 1승을 따라잡다」

「휴스턴의 홈으로, 남은 두 경기의 향방은?」

「6차전을 승리해도 이상진이 남아 있다. 우승을 위한 휴스턴의 이상진 공략법은?」

  5차전에서 저스틴 벌렌더를 내세운 휴스턴은 1승을 만회하며 남아 있는 불씨를 살렸다.

  "디비전 시리즈와 챔피언십 시리즈에서 전승을 기록하며 올라왔어도 역시 월드시리즈는 다르네."

  전세기를 타고 이동하면서 데이비드 로스 감독은 한숨을 쉬었다.

  휴스턴의 더스티 베이커 감독은 오래된 경력만큼 만만하지 않았다.

  "자존심을 버리고 철저할 정도로 실리를 챙기고 있죠."

  "1차전은 우리의 힘을 한 번쯤 가늠해 본 셈이겠지."

  그 힘이 누구를 뜻하는지는 말할 것도 없었다.

  지목된 상진은 히죽 웃으면서 음료수를 들고 다가왔다.

  "그래서 6차전의 전략은 어떻게 구상하실 생각입니까?"

  "별것 있겠나? 유리하면 널 투입한다. 불리하면 투입하지 않고 7차전 선발로 투입한다. 너무 심플해서 힘이 빠질 정도야."

  언론에서 심심하면 떠들어 대는, 이상진이 전력의 반이라는 말은 어찌 보면 핵심을 찌르고 있었다.

  시카고 컵스의 월드시리즈 대비 전략은 시작하기도 전부터 전부 이상진의 등판에 초점이 맞춰졌다.

그게 새삼스레 6, 7차전을 앞두고 바뀔 리도 없었다.

"그러고 보니 감독 취임을 축하하는 선물도 안 드렸었군요."

데이비드 로스 감독은 갑자기 이상진이 무슨 뚱딴지같은 소릴 하나 싶었다.

"1년이나 지났는데 새삼스레 무슨 소리인가?"

"그렇긴 하죠. 그래서 휴스턴에 1주년 축하 선물을 준비해 뒀습니다."

슬슬 그 선물이 뭔지 감이 잡힌 데이비드는 그만 너털웃음을 터뜨렸다.

한참을 웃어 대던 그는 간신히 진정하고 살짝 맺힌 눈물을 닦았다.

"감독 1주년 축하 선물로 월드시리즈 우승 반지라면 너무 과분하지."

희망을 살려서 홈으로 돌아왔어도 휴스턴을 응원하는 팬들의 반응은 그리 호의적이지 않았다.

그리고 티케팅에서부터 다른 메이저리그 팀 팬들의 방해 공작이 시작됐다.

무엇보다 강력한 건 시카고 컵스 팬들의 티케팅이었다.

그들은 어떻게든 인터넷 티켓 판매를 선점했고 그게 불가능하다면 회사에 휴가를 내고 현장까지 달려왔다.

하지만 가장 큰 문제는 바로 암표였다.

"더그아웃 바로 뒷좌석의 가격이 4만 달러라니. 미쳤군, 미쳤어."

한국 돈으로 3천만 원이 넘는 암표 가격에 메이저리그 구단들은 경악했다.

그것도 6차전 티켓이 아닌, 7차전 티켓의 가격이었다.

2018년에도 3만 달러를 호가하던 S급 좌석의 가격이 천정부지로 치솟은 건 여러 가지 이유가 있었다.

첫째로는 휴스턴의 우승을 두고 볼 수 없다는 시카고 컵스 팬들의 동원력이었다.

응원전에서 절대 질 수 없다는 그들의 의지는 회사에 휴가를 내고 운영하던 가게를 닫게 만들고 지갑을 열었다.

심지어 1루 쪽 홈 관중석마저 점거하려고 할 정도로 어마어마했다.

둘째로는 순수하게 결승인 월드시리즈의 마지막 경기를 지켜보려는 팬들의 파워였다.

그들은 월드시리즈 7차전이 벌어진다면 우승을 누가 하는지 여부는 관계가 없었다.

물론 그들 대다수는 휴스턴이 우승하길 원하지 않았고 차라리 시카고 컵스가 하는 편이 더 좋을 거라 여기고 있었다.

마지막 이유는 7차전에 등판하는 선발투수 때문이었다.

"만약 우리가 6차전에 유리한 상황을 만들어 낸다면 볼만

하겠는데?"

"몇만 달러나 하는 7차전 암표를 구매한 팬들은 죽을 맛이겠지."

7차전 선발투수는 누구나 예상하듯 이상진으로 정해져 있었다.

하지만 6차전이 유리하게 굴러간다면 데이비드 로스 감독은 이상진을 투입한다고 말했다.

상황에 따라 7차전까지 가지 않을 수도 있었다.

"우리가 괜히 팬들 티켓값까지 걱정해 줄 필요는 없겠지."

"우리는 우승을 하면 그만이니까."

컵스라는 팀에게 가장 중요한 건 우승이었다.

4년 전에 거둔 우승이 우연이 아니었음을 증명하기 위해서.

그리고 컵스가 더 이상 약팀이 아니라 이렇게 또다시 월드시리즈에서 우뚝 설 수 있는 팀임을 증명하기 위해서였다.

그 외에도 테오 엡스타인 사장의 사정도 있었다.

이제 그의 임기도 얼마 남지 않았다.

시카고 컵스에게 걸린 저주를 풀어낸 그도 한 번의 우승만으로는 아직 목이 말랐다.

"그나저나 테오 엡스테인 사장도 와 있다고?"

"우승을 하든 준우승을 하든 간에 일단 축하는 해 줘야 할테니까."

"그리고 월드시리즈 MVP도 정해졌지."

조나단을 비롯해서 존 레스터, 다르빗슈 유, 카일 핸드릭스, 그리고 윌슨 콘트레라스의 눈이 한 사람을 향했다.

별로 대수롭지 않다는 듯 데이터를 들여다보다가 시선을 느낀 이상진은 흠칫 놀라며 눈을 동그랗게 떴다.

"뭐야? 남자들의 뜨거운 시선은 받아도 별로 안 기쁜걸."

"여자들의 시선은 받기야 하냐?"

"그러고 보니 그 나이 먹고 아직 여자 친구도 없지? 그동안 사귀어 본 적은 있어?"

"젠장. 오늘은 나 때리는 날이냐? 선발 등판 아니라고 지금 막 대하는 거야?"

투덜거리는 상진의 입에 육포를 하나 집어넣은 조나단은 슬슬 경기가 시작되려는 그라운드를 바라봤다.

휴스턴은 홈으로 돌아왔어도 사방에 가득 찬 적대적인 관중들을 두고 약간 주눅 들어 있었다.

"저래서 인과응보라는 말이 있지."

"그건 뭔데? 동양 속담이라도 되냐?"

"그렇지. 자신이 한 대로 돌려받는다는 뜻이야."

상진은 육포를 우물거리면서 수비 포지션을 점검하는 휴스턴 선수들을 물끄러미 바라봤다.

저 중에는 사인 훔치기에 적극적이었던 선수가 있을 테고

혹은 소극적이고 말리려 했던 선수도 있을 것이다.

하지만 휴스턴 애스트로스라는 팀에 몸을 담고 있는 이상, 그 논란에서 자유로울 사람은 아무도 없다.

그것이 휴스턴이라는 팀이 가져가야 할 업보였다.

"그러면 우리가 한 대로 돌려받는 건 뭔데?"

"106년 만에 우승을 했으니 그 시간 동안 못 한 우승을 10년 내에 몰아서 하는 것?"

"그 말은 재계약을 한다는 소리냐?"

상진은 말없이 웃으며 어깨를 으쓱거릴 뿐이었다.

사실 이 팀이 무척이나 좋아졌다.

충청 호크스의 팬들만큼이나 열정적이고 팀의 행보에 일희일비하는 시카고 컵스의 팬들.

그리고 팀에 대해 적극적으로 지원해 주는 사장과 단장.

무엇보다 카리스마 있게 선수단을 휘어잡으며 동시에 큰형처럼 선수들을 다독이고 챙겨 주는 데이비드 로스 감독까지.

팀의 전력이 불안정하기는 해도 이만큼 마음에 드는 팀은 드물었다.

"웃지만 말고 똑바로 말해 봐."

"아직 나한테는 내년이 있잖아? 내년이 끝나고 FA가 되면 컵스 구단에서 얼마나 챙겨 주는지는 봐야지."

"넌 돈에 연연하지 않는다고 하지 않았냐?"

이 말에도 말없이 웃기만 했다.

분명 그는 돈을 많이 받는 것에 큰 관심은 없었다.

그래도 조금 욕심이 생기긴 했다.

"네놈들한테 구박받지 않으려면 나도 얼른 여자 친구 하나쯤은 만들어야겠거니 생각돼서 그렇지."

"오우! 그러면 내가 이번에 시즌 끝나고 끝내주는 여자를 소개시켜 줄게. 할리우드 여배우 정도는 어때?"

"네가 무슨 연줄로? 됐고, 내 짝은 내가 알아서 찾아볼란다."

상진이 손사래를 치던 그때, 심판의 경기 시작 신호가 경기장에 울려 퍼졌다.

시카고 컵스의 1번 타자 제이슨 헤이워드가 비장한 얼굴로 마운드에 올라섰다.

"잭 그레인키. 저만한 투수가 우승 반지가 없다는 건 좀 안타까운 일이지."

"하지만 기껏 팀을 옮겼더니 시끄러운 일이 터졌으니까."

"굳이 사인 훔치기 때문은 아니더라도 저런 건 어떻게 보면 운이 따라 주지 않는, 신의 은총이 있어야만 가능한 영역이니까."

상진은 문득 입에서 웃음이 터져 나왔다.

자신에게 시스템을 가져다준 건 저승사자였다.

그렇다면 저승사자도 신이라고 할 수 있을까 싶었다.

"어찌 됐든 간에 나도 신의 은총을 받은 셈이겠지."

*   *   *

우승 반지를 얻고 싶은 잭 그레인키의 투구는 무서웠다.

순식간에 3이닝을 무실점으로 틀어막은 그의 투구는 어째서 그가 메이저리그 최상위권 기교파 투수로 불리는지 보여주고 있었다.

"구속이 떨어졌다더니 브레이킹 볼이 너무 좋아졌어."

"그래도 우리 미스터 리보다는 못하지."

10년 전의 잭 그레인키는 '95마일을 던지는 그렉 매덕스'라는 별명이 붙을 정도로 완벽한 투수였다.

아마 그때의 그레인키가 지금 있었다면 이상진과 좋은 승부가 됐을지도 몰랐다.

전형적인 파이어볼러였다가 구속이 떨어지자 다양한 구종을 구사하고 타자와 심리전을 벌이며 삼진을 많이 잡아내는 유형.

파이어볼러이면서 다양한 구종과 사이드 암을 구사하고 역시 타자와의 심리전을 벌이는 파워 피처인 이상진과 매우 비슷했다.

"구속과 정교함이 반비례하는 대표적인 투수를 손꼽으라면 아마 잭 그레인키가 첫손에 꼽히겠지."

데이비드 로스 감독은 쓴웃음을 지으면서 경기의 양상을 지켜봤다.

휴스턴이 2점 앞서고 있는 상황에서 6회 초 공격이 끝났다.

이상진을 투입할 상황이 만들어지지 않았기에 그는 계속 벤치에서 대기 중이었다.

하지만 동시에 감탄하고 있었다.

"잭 그레인키라는 투수를 이렇게 지켜보고 있자니 정말 대단하단 말밖에 안 나오네."

"네가 그런 말을 하다니, 뜻밖인데?"

"지금의 실력을 말하는 게 아니야. 메이저리그에 남아 있기 위해 끝없이 변화하는 모습을 칭찬하는 거지."

정상급의 실력을 유지하며 메이저리그에서 살아남아 있는 잭 그레인키의 끈질김과 프로로서의 마음가짐을 진심으로 대단하다고 여기고 있었다.

많고 많은 메이저리그의 현역 선수들 중에서도 이상진이 진심으로 존경하는 몇 안 되는 선수 중 하나였다.

본래 막강한 구위를 자랑하는 패스트볼과 고속 슬라이더, 커브의 스리 피치 투수였던 잭 그레인키는 타자를 찍어 누르는 파워 피처였다.

하지만 평균 구속이 89마일 이하로 떨어진 재작년 이후로는 결정구인 체인지업을 보완해서 철저하게 낮은 공을 던지기 시작했다.

구위로 찍어 누르던 파워 피처에서 정면 승부를 피하고 타자의 눈을 현혹시키는 피네스 피쳐로의 변신.

"나중에 나도 저렇게 될 수 있을까 싶을 정도로 엄청난 자기 관리야."

"지금 네가 자기 관리 하는 걸 보면 미쳤나 싶을 정도야. 분명 저렇게 될 수도 있겠지."

조나단이 핀잔을 줄 정도로 이상진은 끊임없이 자기 관리를 하고 있었다.

꾸준한 단백질의 섭취와 더불어 누구보다도 많은 운동을 하면서 동시에 결코 몸에 무리가 가지 않은 선에서 멈추는 자제력도 있었다.

아마 자신의 한계점을 가장 잘 알고 아슬아슬한 부분까지 단련한다고 한다면 단연코 이상진이 최고일 것이다.

"그랬으면 좋겠지. 아무튼 오늘은 내가 등판할 일은 없을 것 같네."

"이제 6회 말 공격 시작인데?"

"배트 돌아가는 것들을 보니 다들 조급해하고 있어."

이상진의 말이 무슨 뜻인지 알아챈 조나단은 살짝 굳은 얼굴로 고개를 끄덕였다.

휴스턴 애스트로스의 홈인 미닛 메이드 파크에 들어찬 4만 명의 관중들 중 대부분은 휴스턴의 팬들이었다.

물론 시카고 컵스의 팬과 혹은 월드시리즈에 관심 있는 타 팀 팬들이 몰려왔다고 해도 그것만큼은 어쩔 수 없었다.

그래서 바로 엊그제까지 큰 힘이 되어 줬던 컵스 팬들의 광적인 응원이 없다는 게 내심 불안 요소로도 작용했다.

"와아아아아아!"

"오오!"

그때 4번 타자 앤서니 리조가 잭 그레인키의 낮은 공을 잘 걸어 올렸다.

높이높이 솟구쳐 오른 공은 단숨에 센터 쪽 깊은 곳으로 날아갔다.

"아아!"

"뛰어! 달려! 더 달려!"

미닛 메이드 파크는 생각보다 기괴한 구조를 지닌 구장이었다.

앤서니 리조의 타구는 센터 쪽 깊은 곳까지 날아갔지만 담장을 넘어가진 못했다.

담장 앞에서 아슬아슬하게 잡힌 공에 앤서니 리조의 얼굴이 구겨졌다.

"젠장! 저건 홈런이라고!"

"자자, 진정하고 마음을 가라앉혀."

의기양양한 표정으로 공을 잡고 있는 마이클 브랜들리가
얄밉게 보였다.

그 모습에 앤서니 리조는 길길이 날뛰면서 짜증을 냈다.

그가 이렇게 얘기해도 정말 운이 없다고밖에 할 수 없는 타
구였다.

다른 구장 같았으면 그의 말대로 홈런이 될 만한 공이었는
데 센터 쪽이 너무 깊어서 미리 뒤로 물러나 있던 중견수가
그걸 잡아냈다.

정말 풀리지 않는 경기였다.

*　　　　*　　　　*

6차전은 짜증스러울 정도로 쫓고 쫓기는 경기였다.

6이닝을 던진 잭 그레인키가 교체된 후 두 팀은 난타전을
벌이기 시작했지만 결국 1점 차로 시카고 컵스가 패하고 말았
다.

그리고 모두가 기다리던 시간이 도래했다.

「7차전 선발투수는 이상진! 드디어 출격!」

「시카고 컵스의 마지막 희망은 우승컵을 가져올 것인가?」

「상대 선발은 호세 우르퀴디, 하지만 모두가 불펜에서 대기하고 있다」

"6차전에서 던진 잭 그레인키를 제외한 모든 투수를 대기할 예정입니다."

더스티 베이커 감독은 총력전을 예고했다.

월드시리즈 7차전은 두 팀에 남아 있는 모든 여력을 쏟아부어야 했다.

"결국 마지막까지 왔군요."

데이비드 로스 감독의 말에 기자들의 귀가 쫑긋거렸다.

총력전을 예고한 휴스턴 애스트로스에 맞불을 놓을 것인가.

그의 입에서 나올 한마디 한마디를 기자들은 사랑에 애타는 사람처럼 기다렸다.

"선발투수는 다들 아시다시피 미스터 리입니다."

"그러면 투수 운용 전략은 어쩌실 생각이십니까?"

이상진의 체력은 이미 한계에 달해 있을 것이다.

이것이 모든 관계자가 예상하는 바였다.

그렇기에 기자들 역시 이상진은 길어봐야 7이닝이고 남은 이닝은 불펜 투수들을 교체하며 상대하리라 생각하고 있었다.

하지만 데이비드 로스 감독은 팀의 에이스를 절대적으로 신뢰하고 있었다.

"이상진은 월드시리즈 7차전을 퍼펙트게임으로 장식할 겁니다."

그리고 한술 더 떴다.

「데이비드 로스, 이상진의 퍼펙트를 예언하다」
「전례 없는 퍼펙트 예고. 이상진은 어떨 것인가?」
「이상진에게 묻다」

데이비드 로스 감독이 이상진은 퍼펙트게임을 해낼 것이라는 예고를 하자 메이저리그의 팬들은 단숨에 분노했다.

"이건 메이저리그를 우습게 보는 짓입니다! 다른 팀에 대한 존중도 없고 무엇보다 이상진이라고 해서 퍼펙트게임이 그리 마음대로 된다고 봅니까?"

특히 인터넷에서 방송을 주로 하는 사람들은 이 떡밥을 단숨에 물었다.

순식간에 인터넷에는 이상진과 시카고 컵스를 비난하는 영상들로 가득 찼다.

하지만 팬들의 생각은 조금 달랐다.

포스트시즌만 해도 퍼펙트게임을 두 번이나 달성했다.

―두 번 일어난 일은 세 번 일어날 수 있다.

가장 많은 추천을 받은 댓글이었다.

이미 이상진에 대한 믿음은 절대적이었다.

이건 그가 속해 있는 시카고 컵스의 팬들만이 아니라 메이저리그 전체의 총의와도 비슷했다.

시카고 컵스의 팬들은 이상진이 승리를 가져다줄 것이라는 믿음에서, 그리고 다른 팀들의 팬은 이상진에게 호되게 당했던 경험에서 비롯된 패배감에서 그런 생각을 하고 있었다.

하지만 당사자는 선발이 예정된 날 아침에도 늘어지고 있었다.

"흐아아아아아아암, 잘 잤다."

"월드시리즈 마지막 경기인데 너만큼 꿀잠 자는 녀석도 없을 거다."

"정말 없을까요? 저랑 내기할래요?"

"말도 안 되는 소리 하지 말고 일어나기나 해라. 해가 중천이다."

미적거리며 자리에서 일어난 상진은 시계를 보고 한숨을 쉬었다.

"아직 여덟 시잖아요."

"평소보다 한 시간은 늦게 일어나는 거잖냐."

"아나."

월드시리즈 7차전.

그걸 앞두고 상진은 밤 12시에 일찌감치 드러누워 잠들었다.

이유는 간단했다.

1차전부터 6차전까지 휴스턴 선수들의 타격을 지켜봤고 데이터도 수없이 살펴봤다.

그리고 무엇보다 중요한 건 컨디션 조절이었다.

적절한 수면과 적당한 식사는 컨디션에 무엇보다 필수였다.

"가뿐하네요."

"그래서 퍼펙트를 할 수 있겠지?"

"젠장. 형도 부담 주기예요?"

부엌에서 열심히 요리를 하고 있던 영호는 껄껄 너털웃음을 터뜨렸다.

"감독의 퍼펙트 선언이 무슨 뜻인지 모를 네가 아니잖냐?"

"젠장. 그걸 모르면 에이스 자격이 없죠."

데이비드 로스는 부담감을 지우려는 의도는 먼지 한 톨만큼도 없었다.

저건 신뢰의 표시를 대신한 감독의 농담이었다.

이상진이라면 승리를 가져다줄 것이다.

혹은 퍼펙트게임도 달성할 능력이 있다.

"아무튼 간에 월드시리즈 우승을 확신할 수 있는 건 좋지. 하지만 문제는?"

"방심하면 안 된다는 거죠. 그건 다른 선수들도 알 테고요."

물론 멘탈이 완벽하지 않은 선수들도 있다.

그렇다면 그들을 격려하고 때로는 채찍질하며 함께 우승으로 가는 수밖에 없다.

"올 시즌 네가 등판하는 경기 때마다 선수들이 방심하는 게 눈에 띄더라."

"뭐, 워낙 믿음직스러우니 그런 거 아닐까요?"

"하여튼 잘난 척만 안 하면 만점을 줘도 될 텐데."

"워낙 잘나서 겸손한 척해도 잘나 보이더라고요."

"한마디도 안 지려고 하냐. 됐고 이거나 와서 먹어라. 특식이다."

"무슨 감옥 죄수한테 밥 주는 말투예요?"

상진과 영호는 아침부터 투닥거리면서 식탁에 마주 앉았다.

영호의 솜씨는 날로 좋아져서 이제는 웬만한 요리사 뺨칠 정도로 화려한 음식이 만들어졌다.

그리고 겉모습만이 아니라 맛도 좋아졌다.

그릇에 달라붙듯 덤벼들어 식사를 시작한 상진을 보며 영호는 한숨을 내쉬었다.

"처음에는 경기에 나갈 때마다 긴장하더니 이제는 긴장이고 뭐고 없어졌네."

"에이, 완급 조절을 한다고 해 주세요. 이래 봬도 저 역시 마운드에 서면 긴장한다니까요."

"그래. 그러니까 내가 마운드로 찾아갔을 때 잔뜩 날 선 목소리였지."

"삐졌어요? 삐졌구나?"

"안 삐졌어, 자슥아."

서로 농담을 주고받으며 식사를 이어 나갔다.

그때 문득 예전 이야기가 떠오른 상진이 물었다.

"그런데 월드시리즈가 끝나거든 한다던 이야기는 뭐예요?"

"응? 그건 나중에 하자."

"지금 하면 안 되는 이야기 같은데 궁금해서 그래요. 대체 뭐길래 지난번 저승에서 돌아온 이후로 계속 고민하는 건데요?"

그동안은 어물쩡 넘겨 왔다.

그런데 오늘은 도저히 넘어갈 수 없어 보였다.

잠시 고민하던 영호는 한숨을 쉬었다.

"네 능력을 회수해야 한다."

"능력이라면 시스템 말이에요?"

"그래."

"왜 이제 와서?"

영호는 들고 있던 샌드위치를 단번에 입안에 집어넣고 씹었다.

그걸 우물거리면서 잠시 생각을 정리한 영호는 피할 수 없는 일임을 깨달았다.

월드시리즈의 결과에 영향을 미칠까 봐 걱정되어 말하는 걸 주저했었다.

하지만 늦든 빠르든 어차피 이야기해야 했다.

'시스템을 다시 가져간다면 이 녀석의 미움을 받을 수밖에 없겠지.'

줬다가 뺏어간다는 입장이니 미움을 받을 수밖에.

샌드위치를 전부 씹어 먹은 영호는 쓴웃음을 지으면서 입을 열었다.

"저승에서 감사가 나왔어."

"그 감사에서 걸린 거예요?"

"말하자면 그렇지만, 사실 정확하게는 너에게 황금 돼지를 준 것 때문이 아니라 내 실수 때문이지. 바로 네 영혼을 잘못 꺼냈던 일 때문이야."

그러다 보니 일이 꼬여 버렸다.

황금 돼지를 억지로 먹인 것도 흑월 사자의 명령 때문이긴 했지만 어찌 되었든 잘못된 일이었다.

애초에 시스템을 주어서는 안 되는 상황임에도 소생을 위해 어쩔 수 없었던 임시방편.

그래서 그것을 바로잡아야 했다.

"물론 네가 그렇게도 껄끄러워하는 토니 스미스의 스킬도 회수될 거야. 그 녀석도 비슷한 케이스니까."

"그런 건 관심이 없어요."

생각보다 상진의 목소리는 차분했다.

줬던 시스템을 빼앗아간다는 소리에도 전혀 동요하지 않고 있었다.

"형한테 무슨 일이 생기는 건가요?"

"…화는 안 내냐?"

"일단 확인하고 싶은 건 있는데 우선은 사고 친 걸 걸렸으면 처벌을 받잖아요. 그러니 형이 어떤 질책을 받느냐가 궁금해요."

"딱히 별건 없어. 일은 무난하게 잘 해결됐으니 너에게 줬던 시스템을 회수하고 몇 년 근신하는 정도지."

상진은 가슴을 쓸어내렸다.

일단 영호가 무슨 일을 당하나 싶었다.

그리고 속으로는 쓴웃음을 지었다.

처음에는 악연이었다.

하도 많이 먹어서 때깔이 좋아 보인다는 이유로 영혼이 뽑혔다.

그리고 되살아나기 위해서 황금 돼지를 억지로 먹은 다음 시스템을 얻게 됐다.

그때 이후로 영호는 감시 역이었고 시간이 지나자 그는 매니저가 되었으며 에이전트가 되었다.

그리고 친구가 되었다.

"후우, 미안하다. 어쩨 너와 나는 시작부터 지금까지 전부 꼬여 버렸네."

영호는 진심으로 미안해하고 있었다.

저승의 사정이나 자신의 사정이 있는 동시에 이런저런 일이 전부 꼬여 버렸다.

하지만 상진의 입에서 나온 말은 의외였다.

"미안해할 필요는 없어요."

"어째서?"

"그날 형의 실수가 없었다면 저는 아직도 그저 그런 선수로 남아 있었을 거예요."

영혼이 억지로 빼내지는, 죽을 뻔한 위기였지만 위기는 곧 기회가 되었다.

시스템이 없었다면 자신은 방금 전에 한 말대로 그저 그런 선수로 남아 있었을 것이다.

한국 프로 야구에서도 약팀으로 꼽히는 충청 호크스의 얇은 스쿼드에 얹혀서 억지로 프로 생활을 이어 가며 비난과 비판 속에서 숨죽이고 살았을 것이다.

"그래서 고마워요. 어렸을 때부터 야구를 해 왔던 저한테는 죽도록 비참했던 시간이었거든요."

처음에는 원망을 하기도 했었다.

하지만 사건이 벌어졌던 건 찰나였고 그 찰나의 우연으로 인생이 바뀌었다.

"제가 지금 능력을 잃는다고 해도 원망하진 않겠어요. 그리고 형도 그것 때문에 기다려 준 거 아니었어요?"

시스템을 가져간다면 본래대로 돌아갈 것이다.

충청 호크스의 욕받이 패전 처리조, 혹은 그보다 못한 2군으로 떨어진다고 해도 이 한때의 영광은 잊지 못할 것이다.

"그래도 월드시리즈가 끝나고 가져가 주셨으면 좋겠어요. 적어도 우승은 해 보고 싶거든요."

"잠깐, 무슨 소리를 하는 거냐?"

"당연한 거잖아요. 시스템을 가져가면 원래대로 돌아가는 거겠죠."

이 정도의 돈과 이 정도의 명예를 얻어 보리란 상상은 해 본 적이 없었다.

이런 생활이 더 이어졌으면 어떨까, 하는 생각도 있었지만 그건 너무 과한 욕심이겠지.

조금 아쉽긴 해도 이것이 행운이었다는 걸 알고 있었다.

"스톱! 네가 지금 오해를 하고 있는데."

"뭘요?"

"시스템을 가져간다고 해서 네 능력이 완전히 사라지는 건 아니라고."

전혀 영문을 모르겠다는 표정을 짓는 상진을 바라보며 영호는 이마를 짚었다.

"그러니까 예전에도 얘기했었지? 시스템은 보조해 주는 것뿐이고 실제로 올라가는 건 너의 잠재 능력이라고."

"그랬었죠. 아!"

"이제 알았냐?"

영호는 혼자서 지레짐작한 상진을 슬쩍 노려보면서 미소를 지었다.

*   *   *

시스템에 의존해서 발동하는 스킬은 없어진다.

하지만 그동안 쌓아 온 스테이터스 자체는 사라지지 않는다.

그저 보이지 않을 뿐.

"아니! 그러면 그렇다고 처음부터 얘길 했어야죠!"

"내 말은 끝까지 안 듣고 혼자서 지레짐작하던 녀석이 누군데 그래!"

집에서부터 주차장까지 둘은 끊임없이 투닥거렸다.

기세는 짐짓 진지하면서도 약간 험악하기까지 해서 시카고 컵스의 팬들이나 선수들이 알은척하려다가도 질겁하며 물러날 정도였다.

"헤이! 리! 오늘은 왜 이렇게 잔뜩 날이 서 있어? 7차전이라 그런가?"

이런 식으로 농담을 하면서 다가올 수 있는 사람은 조나단뿐이었다.

"잘 지내셨나요?"

"리의 에이전트! 오랜만이네요. 지난번에 줬던 케이크는 아내와 잘 먹었습니다."

그리고 상진과 영호는 조나단의 얼굴을 보고 빵 터졌다.

눈 밑에 다크 서클이 확실하게 나타난 게, 어젯밤에 잠을 못 잔 티가 역력했다.

"그러면 잘하고 와라."

"형도 나한테 들릴 정도로 응원이나 해요."

영호가 짐을 대충 떠넘기고 사라지자 조나단과 상진은 로커 룸으로 향했다.

"그런데 잠을 못 잤냐?"

"젠장. 자다 깨다를 반복했더니 컨디션이 최악이야."

"월드시리즈 7차전이라서 그렇겠지."

하도 긴장했는지 어젯밤에 자다가 깨고 또 잠들었다가 깨길 반복했던 조나단은 가볍게 목 근육을 풀었다.

우두둑거리는 목을 만지작거리면서 투덜거린 조나단은 가뿐해 보이는 상진의 얼굴을 살폈다.

"너는 잘 잤나 보네?"

"뭐, 나는 아주 꿀잠 잤지만. 이런 상황에서는 푹 자야 컨디션 조절하는 데도 도움이 되잖아."

"이런 상황에서 늘어져라 잘 수 있는 능력이 부럽다, 부러워."

조나단은 진심으로 이상진의 굵은 신경에 감탄했다.

큰 경기에 강하다는 게 이런 건가 싶기도 했다.

무엇보다 평소처럼 컨디션 관리를 한다는 게 신기하기도 했다.

로커 룸에 들어가자마자 트레이너들과 스포츠 마사지사가 상진에게 달라붙었다.

오늘 선발로 등판하는 에이스의 몸 상태를 체크하기 위해서였다.

어딘가 통증이 있는 곳은 없는지, 혹은 근육이 제대로 풀려 있는지 확인한 그들은 코치진을 향해 고개를 끄덕였다.

"완벽합니다."

"언제는 완벽하지 않은 적이 있었나요?"

퉁명스럽게 대꾸한 상진의 신경은 벌써부터 7차전 선발 모드로 바뀌고 있었다.

눈빛은 날카롭게 바뀌었고 몸의 근육은 팽팽하게 당겨졌다.

사자라도 잡아먹을 듯한 맹수의 눈빛을 보며 데이비드 로스 감독은 씩 웃었다.

"그럼 가서 물어!"

*　　　　*　　　　*

"스트라이크! 아웃!"

휴스턴 애스트로스의 선발인 호세 우르퀴디의 공은 최고조였다.

7차전이라는 중압감을 이겨내고 던지는 그의 공은 시카고 컵스의 타자를 침묵시켰다.

"호세의 공이 참 좋네요."

"그렇게 팔자 좋게 얘기할 게 아니잖냐?"

"다른 건 없어요. 1점만 내주면 되니까요. 설마 우리 타자들이 1점도 못 내는 얼간이는 아닐 테니까요."

타자들은 상진의 농담에 쓴웃음을 지었다.

짜증 나는 듯한 화법이긴 했어도 저렇게 툭툭 내던지듯 말하는 거야말로 상진이 자신들을 독려하는 방법임은 이미 알고 있었다.

"1점을 못 내는 얼간이는 저쪽이지."

"몇 점을 원해? 네가 3회쯤 내려올 수 있게 한 20점 내 볼까?"

에이스를 향한 절대적인 믿음 속에서 시카고 컵스는 하나로 뭉쳤다.

이상진이 무리라고 생각되는 역투를 해낼 때마다 선수들은 힘을 냈다.

팀 내 최고의 투수가 저렇게까지 하는데 점수 지원을 이렇게밖에 하지 못하면 말이 되냐면서 그들은 어떻게든 점수를 쥐어짰다.

"그렇게 해 주면 나도 마음이 편할 것 같은데?"

서로 낄낄거리면서 주먹을 맞댔다.

그러는 사이 4번 타자 앤서니 리조가 마지막으로 시카고 컵스의 공격이 끝났다.

안타 하나로 공격이 끝나자 다들 앤서니를 향해 장난을 치고는 그라운드로 나갔다.

그리고 그들의 눈빛은 단숨에 바뀌었다.

장난을 치던 선수들은 누구보다도 진지해졌고 경기에 집중하기 시작했다.

"시스템 ON."

마운드에 올라온 상진은 시스템부터 켰다.

투수부터 타자까지.

자신의 능력치가 기록된 시스템을 보며 감회에 가득 찬 표정을 지었다.

"짧다면 짧고 길다면 긴 시간이긴 하지만 너랑도 꽤 친해졌네."

스테이터스가 반짝거리는 모습을 보면서 상진은 쓴웃음을 지었다.

이 화면을 벌써 2년이나 봤다.

이 시간 동안 증강현실 같은 시스템이 너무 친숙해져서 마치 자신의 일부분이 된 듯했다.

"어찌 됐든 간에 마지막이니까 잘해 보자, 파트너."

마치 상진의 말에 화답이라도 하듯 시스템이 깜박거렸다.

[식사 시간이 되었습니다.]

[상대방의 포식 포인트가 표시됩니다.]

[타자의 포인트는 244입니다.]

"오늘은 아낄 것 없이 전부 털어 내 보자."

미련도, 아쉬움도, 그리고 남아 있는 여력까지.

이상진은 모든 힘을 끌어올렸다.

이제 포식을 위한 사냥 시간이었다.

*　　　　　*　　　　　*

"스트라이크!"

"스트라이크!"

심판의 스트라이크 콜이 쉴 새 없이 울려 퍼졌다.

마운드에 서 있는 이상진의 손에서 떠난 103마일의 광속구는 빛보다 훨씬 빨랐다.

그 공은 조나단의 미트를 뚫어 버릴 기세였다.

이미 미닛 메이드 파크는 이상진의 독무대로 변해 버린 지 오래였다.

그리고 이상진의 눈에 비치는 건 오로지 조나단의 미트뿐이었다.

"스트라이크! 타자 아웃!"

변함없이 강력한 투구에 휴스턴의 선수들과 코칭스태프들은 혀를 내둘렀다.

"괴물은 괴물이야. 어떻게 시즌 초보다 더 나은 모습일 수가 있지?"

"적응하기 전이었다는 말일지도 모르죠."

다리를 들어 올리고 앞으로 내디딤과 동시에 팔은 채찍처럼 휘어지며 공을 뿌렸다.

교본으로 써도 될 만큼 완벽한 투구 폼이었고 무엇보다 강력했다.

아무리 타자들이 적의를 드러내고 온힘을 다해 저항하려 해 봐도 결코 성공할 수 없었다.

"집중력이 최고조인 것 같군요. 아무것도 들리지 않는 것 같습니다."

휴스턴의 코치 중 하나가 이렇게 평가했다.

그 말대로 이상진의 집중력은 이미 최고조에 달해 있었다.

주위에서 귀가 터져라 질러대는 관중들의 함성조차 들리지도 않고 있었다.

"스트라이크!"

크게 숨을 들이마셨다가 내쉰 상진은 다시 한번 공을 집어 던졌다.

전력을 다한 투심 패스트볼은 96마일을 기록하며 다시 한번 미트를 파고들었다.

2번 타자인 호세 알투베조차 저항하지 못하고 헛스윙을 해 버렸다.

"Shit!"

호세 알투베는 일부러 고함을 지르며 이상진을 매섭게 노려봤다.

하지만 이상진은 알투베에게 눈길조차 주지 않았다.

지금 상진의 눈에 보이는 건 오로지 조나단의 미트와 사인뿐이었고 들리는 건 심판의 콜뿐이었다.

머릿속을 채우던 온갖 잡념이 사라졌다.

상진에게 있어서 이 세상에 있는 건 오로지 자신과 조나단, 단둘뿐이었다.

"스트라이크! 타자 아웃!"

호세 알투베가 물러나고 3번 타자인 마이클 브랜들리가 타석에 섰다.

아직 1회도 지나지 않았건만 그는 이미 질린다는 표정을 짓고 있었다.

"저 자식은 정말 미친 거 아니야?"

"낸들 알겠냐. 그래서 도망칠 거냐?"

조나단의 한마디에 마이클 브랜들리의 승부욕에 불이 붙었다.

타자의 한탄을 가볍게 넘긴 조나단은 심장이 두근거리는 소리를 들을 수 있었다.

여태까지 상진과 함께 경기를 뛰면서 단 한 번도 느껴 보지 못한 두근거림이었다.

왜 이렇게 두근거리는지는 당연히 알고 있었다.

'월드시리즈 7차전이라고 이놈의 몸뚱이가 별짓을 다 하네.'

단 한 번도 밟아 보지 못한 월드시리즈라는 무대.

조나단 루크로이는 그곳에서 최고의 투수와 합을 맞추고 있었다.

그리고 오늘의 이상진은 메이저리그만이 아니라 전 세계 야구 역사에서 가장 강력한 투수였다.

"스트라이크! 타자 아웃!"

마이클 브랜들리마저 삼진으로 물러났다.

이상진은 1회 말에 휴스턴의 공격을 단 10구로 찍어 눌러 버렸다.

공수 교대를 위해 자리에서 일어나던 조나단은 살짝 당황했다.

"어이! 리! 들어가!"

"음?"

이상진은 퍼뜩 정신을 차리며 전광판을 돌아봤다.

그리고 이닝이 끝났음을 깨닫고 쓴웃음을 지으며 시스템을 바라봤다.

[타자 포인트 271를 포식하였습니다.]

[이닝을 무실점으로 종료하였으므로 추가 포인트 20을 획득합니다.]

[주자를 진루시키지 않았으므로 추가 포인트 20을 획득합니다.]

상진은 어서 들어가라는 듯 깜박거리는 시스템을 손으로 툭 쳐서 껐다.

*   *   *

휴스턴과 이상진 사이의 관계는 이후에도 마찬가지였다.

잡아먹는 사냥꾼과 잡아먹히는 사냥감의 입장은 변하지 않았다.

사냥꾼에 쫓기는 짐승들은 어떻게든 살아남기 위해 발악을 했다.

하지만 의미 없는 스윙만 이어졌을 뿐.

점수는커녕 출루로 이어지는 일조차 벌어지지 않았다.

"스트라이크!"

4회에 두 번째 타순을 맞이한 호세 알투베는 다시 한번 혀를 내둘렀다.

경기가 진행되면 진행될수록 이상진의 공은 점점 더 날카로워졌다.

'미치겠군. 분명히 스트라이크존 안으로 들어오는 공인데도 쳐 낼 수가 없다니.'

그는 타격에서 전형적인 배드볼 히터였다.

적극적으로 타격에 임하며 심판의 스트라이크존보다 넓은 범위에 들어오는 공을 쳐 내는 데 일가견이 있었다.

그럼에도 매년 3할을 전후하는 타율을 기록하며 휴스턴의 2번 타자 역할을 톡톡히 해냈다.

'그런데 쳐 낼 공이 안 보여.'

자신의 존 안으로 들어오는 공인데도 건드릴 수가 없었다.

시속 100마일이 넘어가는 포심 패스트볼의 타이밍을 맞추는 건 둘째 치더라도.

"스트라이크!"

이런 식으로 구속을 죽여서 들어오는 포심 패스트볼에 깜박 속아 버리고 말았다.

이건 코스를 맞히는 문제가 아니라 구속까지 신경 써야 했다.

"파울!"

어떻게든 배트를 뻗어서 간신히 건드리는 데 성공했다.

하지만 한 번 더 기회를 얻었다는 사실에 안도함과 동시에 자존심이 상했다.

'내가 기회 한 번을 더 얻었다고! 파울을 쳐 냈다는 사실에 안도했다니!'

하지만 자존심이 어떻게 되든 간에 우승을 하는 게 우선이었다.

자존심이 땅에 떨어져 흙투성이가 되고 밟혀서 짓이겨져도 지금은 어떻게든 행운의 안타라도 때려 내야 했다.

호세 알투베를 노려보던 상진은 아까만큼 다시 집중하고 있었다.

마운드에서 타석까지의 거리 18.44미터.

이만큼 거리가 벌어져 있음에도 타자의 숨소리가 느껴질 정도였다.

'불안, 초조. 점수를 내지 못해서 조급해져 있어. 호세 알투베도 이런 상황에선 어쩔 순 없지.'

알투베는 점수를 내지 못한 타자의 전형적인 불안함을 드러내고 있었다.

상진은 표정조차 변하지 않으며 공의 실밥을 이리저리 만졌다.

처음에는 매끄럽고 도드라지지 않아서 적응하기 쉽지 않았던 메이저리그의 공인구도 이제는 쥐는 순간 몸의 일부분이 되는 듯했다.

'넌 이걸로 끝이다.'

상진은 조나단과 사인을 맞추고 검지와 중지 손가락을 붙여 그립을 잡았다.

전형적인 컷 패스트볼의 그립.

그리고 거기에 조금 더 힘을 주어 공을 꾹 눌렀다.

이상진의 악력은 메이저리그의 선수들에 비하면 평균 수준이었다.

그걸 조금이라도 보완하기 위해서 상진은 매일같이 악력을 키우는 훈련을 해 왔다.

[컷 패스트볼 (S)]

그것이 구종 등급 S를 달성한 이유였다.

슬라이더보다 덜 휘어지면서 동시에 패스트볼보다 약간 느린 공.

그래서 호세 알투베의 눈에 이상진의 공은 포심 패스트볼로밖에 보이지 않았다.

그 타이밍에 맞춰서 힘껏 배트를 휘두른 알투베는 아차 싶었다.

퍼억!

배트의 끝에 맞은 공은 둔탁한 소리와 함께 앞으로 굴러갔다.

파울 라인을 벗어나지 않은 공은 빠른 속도로 굴러가 1루수 앤서니 리조의 글러브 안으로 빨려 들어갔다.

너무 어처구니없을 정도의 끝마무리였다.

"이런 젠장!"

"헤이 헤이, 어서 들어가라고. 다음 타자가 기다리잖아, 왕

년의 MVP!"

알투베는 자신을 조롱하는 앤서니 리조를 매섭게 노려봤다.

금방이라도 한 대 칠 듯한 표정을 짓던 그는 입술을 꽉 깨물며 벤치로 돌아갔다.

그리고 이상진은 알투베의 뒷모습을 보며 무표정한 얼굴로 손가락 두 개를 들어 보였다.

"투아웃."

*   *   *

이상진만이 아니라 휴스턴의 투수들도 분발했다.

데이비드 로스 감독은 어느새 끝나 버린 휴스턴 애스트로스의 공격에 한숨을 쉬었다.

"벌써 5회가 끝난 건가."

양 팀의 투수들이 벌이는 경쟁은 어마어마한 기세로 이닝을 지워 나갔다.

보통 야구는 경기가 2시간 반은 지나야 끝난다.

그리고 5회 말 이상진이 휴스턴의 공격을 끝장낸 시간은 경기가 시작된 지 갓 한 시간이 넘어간 때였다.

"심판들이 무척이나 좋아하겠군요."

"퇴근할 시간이 빨리 오니까."

남아 있는 투수를 전원 투입하며 어떻게든 무실점으로 이닝을 넘기는 휴스턴.

그리고 압도적인 투구로 휴스턴의 공격을 무위로 돌리는 이상진. 이 둘의 싸움은 경기 시간의 단축이라는 나비효과를 불러왔다.

이런 와중에 시카고 컵스의 타자들은 점점 초조해지고 있었다.

"5회가 지났는데도 아직도 무득점이라니."

"리를 볼 면목이 없어."

"우리도 명색이 메이저리거인데 이게 말이나 되냐고!"

6회 초 공격을 나서면서도 시카고 컵스 선수들의 안색은 좋지 않았다.

5이닝 동안 안타를 여섯 개나 치고 볼넷도 두 개나 얻어냈다. 하지만 위기가 닥칠 때마다 투수가 교체되며 맥을 끊었다.

휴스턴의 더스티 베이커는 그럴 만한 역량이 있는 감독이었다.

"적어도 리에게 승리를 안겨 주기 위해서라면 점수를 내야 한다."

개인적인 자존심 때문에라도, 그리고 이상진을 위해서라도 이대로 가만히 있을 수 없었다.

그때 선두 타자로 나선 6번 타자 로벨 가르시아가 조쉬 제임스를 상대로 안타를 쳐 냈다.

그리고 무사 1루의 상황이 만들어진 그때, 휴스턴이 준비하고 있던 비장의 한 수가 던져졌다.

"벌렌더!"

"저스틴 벌렌더다!"

불펜에서 대기하고 있던 벌렌더가 드디어 마운드에 모습을 드러냈다.

아메리칸 리그 신인왕 출신에 올스타에 8회나 뽑히고 사이영 상을 두 번이나 수상한 휴스턴 애스트로스 최고의 투수.

작년에도 다승왕을 차지한 그가 등장하자 경기장이 술렁이기 시작했다.

우승, 그리고 이별의 시간

"더는 기다릴 수 없다."

시카고 컵스의 타자들은 매 이닝 안타를 쳐 내고 있었다.

아직 점수를 내진 못했지만 언제 점수가 나도 이상하지 않을 상황이었다.

지금 시카고 컵스의 기세를 꺾어 놓지 못한다면 언제 점수를 내줄지 알 수 없었다.

그래서 더스티 베이커는 더 기다릴 수 없었다.

"와아아아아아!"

"우우우우우우우!"

벌렌더가 등장하자 구장은 온통 환성과 야유로 가득 찼다.

벌렌더가 타자는 아니더라도 사인 훔치기 의혹에서 자유로울 수 없는 휴스턴의 선수였다. 하지만 그는 야유 속에서도 별다른 표정 변화 없이 마운드에 올라갔다.

"단단히 각오를 한 얼굴이네요."

상진은 그런 그의 표정을 보며 감상을 말했다.

조나단은 미심쩍은 얼굴로 대꾸했다.

"그걸 어떻게 알아?"

"나도 투수니까. 지금 여기에서 자기가 막지 못한다면 휴스턴은 우승할 수 없다고 생각하는 거겠지."

6회 초에 등판했다고는 해도 저스틴 벌렌더의 이름값은 어마어마했고 시카고 컵스의 선수들은 눈에 띄게 당황했다.

점수를 만들 수 있게 주자가 나가 있는 상황이었다.

그런데 벌렌더가 등장해 버린 탓에 선수들은 이닝이 이대로 끝나 버릴까 봐 두렵기도 했다.

"과연 점수를 낼 수 있을까?"

누군가 무심코 한 말이 벤치의 분위기를 싸늘하게 가라앉혔다.

저스틴 벌렌더는 아메리칸 리그에서 첫손가락에 꼽히는 투수다.

시카고 컵스의 선수들도 그에게 호되게 당해 봤으며 지난번 월드시리즈 1차전 때도 9회까지 득점하지 못했었다.

그날의 기억 때문에 위축되어 버렸다.

그때 나선 게 조나단이었다.

"이야, 다들 겁먹었나 봐?"

상당히 도발적인 어조로 말하며 조나단은 배트와 헬멧을 챙겼다.

그는 이제 대기 타석으로 나가야 할 차례였다.

벤치에서 나가기 직전에 그는 한마디 더 던졌다.

"최소한 우리한테는 좋은 점이 하나 있잖아?"

"그게 뭔데?"

앤서니 리조는 심히 불쾌하다는 표정을 짓고 있었다.

조나단이 아무리 오늘 포수로서 활약하고 있다고 해도 타격에 대해서 문제 삼는 건 중심 타선에 배치된 타자로서 짜증스러웠다.

하지만 표정을 찡그리던 앤서니 리조는 조나단의 대답에 그만 웃음을 터뜨리고 말았다.

"우리는 미스터 리를 상대하지 않아도 되잖아?"

그 말에 웃음이 터진 건 앤서니 리조만이 아니었다.

시카고 컵스 선수들 전원이 벤치에서 전부 웃고 말았다.

"저 말이 맞지."

"리를 상대했으면 난 자살했을 거야."

파아앙!

그때 들려온 소리와 함께 미닛 메이드 파크가 시끄러워졌다.

모두 고개를 돌려 바라본 전광판에 표시된 구속은 103마일이었다.

이상진의 최고 구속과 똑같은 구속의 공을 던진 벌렌더는 의기양양한 표정을 지으면서 도발적인 손짓을 해 보였다.

"이런 씹!"

그리고 선수들 모두 벌렌더의 성적을 떠올리며 우울한 표정으로 되돌아왔다. 이상진만큼은 아니더라도 저스틴 벌렌더 역시 강철 체력으로 유명한 선수였다.

소화하는 이닝도 이닝인데 6회에 가서도 100마일의 포심 패스트볼을 던지는 건 그를 더더욱 괴물처럼 만들어 줬다.

이상진이 워낙 경악스러운 성적을 내서 그렇지 저스틴 벌렌더는 서른일곱 살임에도 저런 구속과 구위를 가지고 있었다.

그리고 작년에 0.119라는 경악스러운 피안타율을 기록한 슬라이더도 무서웠다.

무엇보다 놀라운 건 제구력이었다. 언제나 좌우 코너워크를 자유자재로 이용하며 삼진을 잡아내는 그의 실력은 두려웠다.

"그래도 리가 아니니까."

"적어도 리를 상대하는 휴스턴 타자들보다는 덜 막막하겠지."

그래도 아까 조나단이 나가면서 했던 말이 남아 있었다.

서른일곱 살이면서 103마일을 던지는 저스틴 벌렌더가 공포스럽긴 했다. 그래도 시카고 컵스의 선수들은 그걸 뒤덮을 정도로 자신들의 에이스를 믿고 있었다.

"스트라이크! 아웃!"

7번 타자인 하비에르 바에즈가 삼진으로 물러나고 8번 타자인 조나단 루크로이가 타석에 들어섰다.

타석에 들어서는 그의 표정은 사뭇 비장했다.

'지금 여기에서 어떻게든 희망을 보여 줘야 한다.'

따악!

커다란 타격음과 함께 컵스의 선수들은 일제히 고개를 들었다. 조나단 루크로이의 타구가 하늘 높이 솟아올랐다.

내야를 지나 외야를 향해 뻗어 나가던 공은 바람을 타고 파울라인을 벗어났다.

"아아!"

"아깝다!"

"저게 왜 바깥으로 쳐나가!"

파울이 되자 마운드 위에 있던 저스틴 벌렌더는 안도의 한숨을 쉬며 가슴을 쓸어내렸다.

그와 반대로 타석에 있던 조나단은 안타까움을 감추지 못했다.

'슬라이더를 완벽하게 받아쳤다고 생각했는데.'

상진과 함께 훈련하면서 벌렌더의 슬라이더를 받아치는 연습을 했다.

그리고 방금 전은 놀라울 만큼 똑같은 공이 날아왔다.

상진은 자신이 영상으로 봤었다면서 연습을 시켜 주겠다고 조나단을 데리고 가더니 무려 90마일에 달하는 고속 슬라이더를 연달아 던져 댔다.

그 공을 한두 번도 아니고 무려 2~30번을 보다 보니 이제는 타이밍에 통달할 정도였다.

'리의 공이 조금 더 빨랐어.'

저스틴 벌렌더가 37살이라는 것도 하나의 변수였던 모양이었다. 이상진이 본 영상은 아마 벌렌더가 조금 더 젊었던 시절에 던졌던 공이었기에 구속이 더 빨랐을 것이다.

다음에 또다시 슬라이더가 날아온다면 칠 자신이 있었다.

'온다! 이번에도 슬라이더!'

구종별로 달라지는 투구 폼과 공을 던지려는 벌렌더의 표정까지 눈에 들어왔다.

방금 전에 슬라이더를 던졌을 때와 완벽하게 똑같았다.

이미 상진의 공을 가지고 수없이 체험해 본 슬라이더였다.

조나단은 망설이지 않고 힘차게 배트를 휘둘렀다.

아까보다 아주 약간 느린 타이밍. 그리고 맹렬한 타격음과 함께 벌렌더의 고개가 뒤로 홱 돌아갔다.

하얀색 공은 멀리 멀리.

그 누구의 손에 닿지 않는 곳까지 날아갔다.

─홈런! 호오오오오오오옴러어어어언!

─조나단 루크로이의 선제 홈런! 메이저리그 최고의 투수와 함께하는 파트너가 드디어 사고를 칩니다!

─저스틴 벌렌더의 슬라이더를 완벽하게 걷어 내는 스윙입니다!

*　　　　　*　　　　　*

"스트라이크! 아웃!"

저스틴 벌렌더는 벼락같이 얻어맞은 투 런 홈런에도 흔들리지 않고 나머지 타자들을 정리했다.

하지만 그의 표정은 좋지 않았다.

벤치로 돌아온 그는 고개를 숙이며 사과했다.

"죄송합니다, 감독님."

"아니, 죄송해할 필요는 없다. 이게 전부 운명인 것일 테니."

벌렌더는 무적이 아니란 사실을 새삼 깨달을 뿐이었다.

그도 안타를 맞고 볼넷을 내주며 홈런을 맞는 사람이었다.

다만 지금 마운드에 올라오는 투수가 괴물이고 외계인이며 무적인 것뿐이었다.

"허허허허, 왜 하늘은 저런 놈을 만드신 건가."

더스티 베이커 감독은 허탈한 미소를 지으며 하늘을 올려다봤다. 무심한 하늘에 떠 있는 별은 반짝거리며 경기장을 내려다볼 뿐, 대답은 돌아오지 않았다.

생각하면 할수록 한숨만 나오는 상황이었다.

1차전 때처럼 승부를 연장전으로 끌고 간다면 어떻게든 승부를 볼 수 있을 거라 생각했었다.

하지만 투 런 홈런으로 이미 승부의 추는 기울었고 이상진은 기울어진 추의 무게를 넘겨 줄 생각이 없었다.

그저 심판을 기다려야 할 뿐.

하지만 그것보다 더 중요한 건 하나 있었다.

─이상진 선수가 7회도 무실점으로 끝내 버립니다!

─이것으로 삼진은 14개째! 오늘도 퍼펙트한 경기 운영을 보여 주고 있습니다!

─데이비드 로스 감독이 공언한 퍼펙트게임까지 남은 아웃 카운트는 단 여섯 개!

─과연 예고 퍼펙트게임은 만들어질 것인가!

아직도 이상진의 퍼펙트 행진은 계속되고 있었다.

이대로 간다면 이상진은 월드시리즈에서 퍼펙트게임을 2회나 기록한 전무후무한 기록을 세우게 된다.

이미 단일 시즌 성적만으로도 메이저리그 역대 투수들 중 그 누구도 넘볼 수 없는 위업을 달성했다.

하지만 말도 안 되는 영예의 끝마무리를 장식할 인테리어 소품으로 전락할 생각은 없었다.

"어떻게든 안타 하나라도! 볼넷 하나라도 얻어 내 보란 말이다!"

월드시리즈의 마지막을 장식할 7차전에서 패한다는 건 아쉬운 일이긴 했다.

하지만 비참하게 마무리 지을 생각은 추호도 없었다.

이대로 퍼펙트게임을 내주게 된다면 아메리칸 리그의 챔피언으로서, 그리고 월드시리즈에 진출한 영예를 얻은 팀으로서의 자존심이 땅으로 추락한다.

무엇보다 앞으로 다가올 무시무시한 비난이 두려웠다.

사인 훔치기라는 멍에를 뒤집어쓴 것만으로도 모자라서 월드시리즈에서 한 투수에게 두 번의 퍼펙트게임을 만들어 준 팀으로 전락해 버릴 수는 없었다.

그렇지만 아무리 용을 쓰고 배트를 휘둘러도 이상진의 공을 쳐 낼 수는 없었다.

"스트라이크! 타자 아웃!"

포심 패스트볼의 구속은 8회가 되었음에도 102마일을 기록하고 있었다.

그에 곁들인 97마일의 투심과 95마일의 커터, 그리고 93~4마일에 형성되는 고속 슬라이더와 86마일짜리의 체인지업.

그리고 간간이 사이드암으로 던지는 변칙 투구 폼은 타자들의 타이밍을 어김없이 빼앗았다.

"정말 퍼펙트게임을 하는 걸까?"

"앞으로 남은 아웃카운트는 4개!"

미닛 메이드 파크에 모인 관중들도 술렁이기 시작했다.

이상진은 이미 올해에만 퍼펙트게임을 두 번이나 달성했다.

그런데 월드시리즈 7차전에도 퍼펙트게임을 달성한다면 그만한 드라마도 없었다.

"준비해 둬!"

"퍼펙트게임을 달성하든 퍼펙트게임이 무산되든 간에 바로 기사 올릴 준비해!"

관중석에서 경기를 관람하며 열심히 기사를 올리고 있던 기자들 역시 바쁘게 손을 움직였다.

새로운 역사가 탄생하는 순간이 가까워지고 있었다.

탄생하지 못하더라도 퍼펙트게임을 거의 달성할 뻔했다는 것만으로도 충분한 스토리는 만들어졌다.

"와아아아아!"

"리! 미스터 리!"

"네가 진정 최고다!"

미닛 메이드 파크에 휴스턴 애스트로스를 응원하기 위해 들어온 팬들조차 이상진이 9회에도 등판하자 환호성을 내질렀다.

점수는 2 대 0이었고 언제든지 역전 가능한 점수 차였다.

하지만 그들도 이상진에게 1점이라도 빼앗을 거라는 희망보다는 차라리 월드시리즈 7차전이 퍼펙트게임으로 화려하게 끝나는 걸 원하고 있었다.

"우리들의 영웅! 우리들의 주인공! 미스터리한 미스터 리!"

3루 원정 팀 관중석에 있는 시카고 컵스의 팬들은 목이 터져라 응원가를 부르고 있었다.

그걸 들은 이상진은 관중들을 향해 모자를 벗어 슬쩍 고개를 숙여 보였고 그와 동시에 환호성과 박수 소리가 커져 갔다.

미닛 메이드 파크에 모인 40,977명의 관중들의 시선을 한 몸에 받으며 이상진은 자세를 잡았다.

"스트라이크! 아웃!"

"아웃!"

휴스턴의 7번, 8번 타자는 이상진의 위력적인 투구 앞에 맥없이 물러났다.

이제 남은 타자는 단 하나뿐.

강철 심장을 가지고 있다고 여겨지는 상진도 지금은 무척이나 떨렸다.

조용히 숨을 크게 들이마셨다가 내쉰 상진은 눈에 들어온 익숙한 색깔의 유니폼에 그만 피식 웃고 말았다.

주황색.

자신이 데뷔한 충청 호크스의 색이었다.

충청 호크스의 유니폼을 입고 자신을 응원하는 팬을 보면서 잠시 감회에 젖었던 상진은 왼 다리를 들어 올렸다.

동시에 두 팔을 들어 올리며 글러브에서 그립을 쥔 오른손을 꺼내 힘차게 휘둘렀다.

이것 하나를 믿고 프로에 데뷔했으며 부상 이후로 잃어버렸던 무기.

그리고 다시 되찾은 포심 패스트볼이 힘차게 뻗어 나갔다.

"스트라이크!"

조나단이 던져 준 공을 받아 든 상진은 숨 돌릴 틈도 없이 그립을 바꿔 쥐었다.

부상을 입은 후 무던히도 노력하며 익혀 왔던 공.

그럼에도 팔꿈치에 무리가 와서, 손의 악력이 부족해서 던지지 못했던 공.

투심 패스트볼이 교묘하게 휘어지며 날아갔다.

"스트라이크!"

아웃카운트까지 이제 남은 초록색 불은 하나뿐.

그리고 월드시리즈 우승이 바로 코앞까지 다가왔다.

9회 말 2아웃 2스트라이크 노볼.

마지막 공을 위해 상진은 자세를 잡았다.

메이저리그에 진출하며 다듬은 마지막 무기.

메이저리그에서 성공하기 위해 마지막으로 손에 넣은 무기.

휴스턴의 마지막 타자 조쉬 레딕을 잡아내기 위한 공이 이상진의 손에서 떠나갔다.

그와 동시에 조쉬 레딕의 배트가 힘차게 돌아갔다.

퍼걱!

컷 패스트볼이라는 이름답게 이상진의 공은 조쉬 레딕의 배트를 부러뜨렸다.

힘없이 굴러온 공을 잡아 든 상진은 주저 없이 1루를 향해 집어 던졌다.

"와아아아아아아아아!"

동시에 미닛 메이드 파크가 폭발할 듯한 함성이 터져 나왔다.

―시카고 컵스가 2016년에 이어 4년 만에 또다시 월드시리즈 우승을 달성합니다!

―이상진이 월드시리즈에서 두 번의 퍼펙트게임을 완성합

니다!

—엄청난 대기록을 세운 이상진을 향해 시카고 컵스의 선수들이 달려옵니다!

"야! 인마!"

"네가 최고다!"

"신이 내려와서 야구를 해도 너 정도는 안 될 거다!"

"진짜로 퍼펙트를 달성하다니! 퍼펙트 피처답다!"

우르르 달려드는 선수들은 이상진을 끌어안고 바로 들어 올렸다.

그리고 언제 들고 왔는지 뚜껑을 딴 샴페인을 들이부었다.

순식간에 하얀 거품투성이가 된 상진은 웃는 얼굴로 샴페인을 하나 빼앗았다.

"나만 맞냐!"

"우와악! 퍼펙트 피처가 샴페인도 퍼펙트하게 뿌린다!"

상진은 자신을 향해 가장 적극적으로 샴페인을 뿌린 호세 퀸타나와 카일 슈와버를 향해 마주 뿌리기 시작했다.

그들은 서로 샴페인을 뿌리며 우승의 기쁨에 흠뻑 젖었다.

휴스턴 애스트로스의 홈, 미닛 메이드 파크에서 우승을 차지한 시카고 컵스는 남의 집 안방인 것도 잊어버린 채 축제 분위기를 즐겼다.

행가래가 끝나자 이상진은 마운드의 중앙에서 사자처럼 포효했다.

"우와아아아아아!"

짝짝짝짝.

4만이 넘는 관중들은 모두 일어나 마운드의 중앙에서 포효하는 남자를 향해 기립 박수를 보냈다.

그 박수는 10분이 지나도 멈추지 않았다.

월드시리즈 퍼펙트게임.

그것도 시작인 1차전과 끝인 7차전에서 두 차례나 달성하는 전무후무한 기록을 달성해 낸 남자는 이 정도의 경의를 받을 자격이 있었다.

"감독님! 우승입니다! 우승이라고요!"

퍼펙트게임을 해낼 거라 예고했던 데이비드 로스 감독은 벤치에서 천천히 걸어 나오면서 쓴웃음을 지었다.

"이걸 진짜 해낼 줄은 몰랐는데."

그래서 더더욱 쓴웃음이 나왔다.

이상진이 승리를 가져다줄 거라고 믿었다.

여태까지 단 한 번의 패배도 없이 시카고 컵스를 포스트시즌에, 그리고 월드시리즈에 안착시킨 일등 공신이 바로 이상진이었다.

하지만 이렇게 화려하게 해낼 줄은 미처 몰랐다.

"영입하고서 이런 성적을 내리라곤 기대하지 않았었는데."

이상진에게 기대했던 것은 고작 해 봐야 3~4선발 정도의 위치였다.

그것이 한국에서 뛰는 야구 선수들의 위상이었고 기대치였다. 그런데 시즌 초반부터 무서운 기세로 승수를 쌓아 나가고 0점이라는 평균 자책점을 기록했다.

그러더니 시즌이 끝날 무렵에는 소화 이닝과 삼진을 비롯한 투수로서의 모든 지표에서 전부 1위를 기록하며 메이저 최고로 자리매김했다.

"리! 리! 리! 리!"

주위에서 전부 이상진을 외치며 환호하고 있었다.

휴스턴이나 다른 팀의 팬들은 역대 최고의 퍼펙트게임을 눈앞에서 봤다는 것만으로.

시카고 컵스의 팬들은 2016년에 이어 또다시 월드시리즈 우승을 안겨다 준 최고의 투수를 향해.

그들을 환호하게 만든 건 단 한 사람.

대한민국의 투수 이상진이었다.

"감독님! 정말 예견하신 대로 미스터 리 선수가 퍼펙트게임을 달성해 냈습니다. 이걸 예측하고 계셨던 건가요?"

그라운드에 들어온 기자들도 여기저기 날뛰고 있었다.

무엇보다 인기가 있는 건 이상진이었지만 그다음으로 많은 기자들에게 둘러싸인 건 데이비드 로스 감독이었다.

그래도 그는 당황하지 않고 침착하게 웃으며 기자들의 질문에 대답했다.

"리의 투구는 최고였습니다. 언제나 그렇듯이 그는 시카고 컵스의 에이스로서의 본분을 다했을 뿐입니다."

"올해만 반짝거리는 게 아니냐는 이야기가 있습니다. 그것에 대해서는 어떻게 생각하시나요?"

"내년에 성적이 좋지 않을 수는 있습니다. 하지만 그는 올해 자신이 메이저리그 최고 수준임을 증명했고 그것이 단 1년 만에 바뀔 리도 없습니다. 미스터 리는 내년에도 기대에 부응해 줄 것입니다."

그 와중에 상진에게도 질문이 쏟아지고 있었다.

기자들은 인터뷰를 하려고 만들어 놓은 자리에서 기다리고 싶은 마음이 추호도 없었다.

그라운드에 난입한 건 비단 언론사의 기자들만이 아니었다.

방송국에서도 리포터와 카메라를 든 촬영팀이 그라운드로 뛰어들었다.

"리! 미스터 리! 한 말씀만 해 주시죠! 우승을 확신한 건 언제였습니까?"

"마지막 공을 던졌을 때였습니다. 그 공이 손에서 떠나는 순간 승리를 확신했습니다."

마지막 순간까지 방심하지 않는다.

우승을 목전에 두고 심장이 두근거려도 마지막까지 결코 긴장의 끈을 놓지 않았다.

그것이 상진이 승부에 임하는 자세였다.

"올해 사이 영 상이 확정적입니다! 소감 한 말씀 부탁드립니다!"

"사이 영 상은 제가 받고 싶어서 받는 게 아니라 많은 분들의 투표로 받는 것이라 알고 있습니다. 그분들께서 제가 낸 성적을 마음에 들어 해 주시니 감사할 따름입니다."

샴페인 향에 취한 게 아니었다. 우승을 한 상진의 얼굴은 눈에 띌 정도로 붉게 상기되어 있었다.

우승의 기쁨은 이미 한국에서도 누려 봤지만 월드시리즈에서 우승을 차지했다는, 그것도 7차전까지 가는 승부 끝에 차지한 우승이라 더욱 감회가 새로웠다.

"메이저리그 첫해에 우승을 차지하셨는데, 혹시 내년 목표는 어떤 게 있으신가요?"

상진의 입꼬리가 슬쩍 올라갔다.

무척이나 기분이 좋은 미소였기에 조나단이나 다른 선수들은 약간 기대하며 다음 말을 기다렸다.

"2년 연속 월드시리즈 우승입니다. 사이 영 상을 타게 된다면 내년도 사이 영 상을 타는 게 목표입니다. 그리고 만약 올해

MVP를 달성하게 된다면 2년 연속 MVP도 노려 보겠습니다."

호기로운 선언에 옆에 있던 동료 선수들의 눈동자도 동그랗게 떠졌다. 2년 연속 월드시리즈 우승과 함께 2년 연속 사이영 상 수상이 목표라니.

게다가 2년 연속 MVP가 된다는 건 메이저리그 선수로서 최고봉에 오르겠다는 이야기나 마찬가지였다.

"푸하하하!"

"역시 리답다고!"

"저기! 저기, 조나단 루크로이 선수! 이상진 선수의 전담 포수로서 올 시즌을 치렀는데 감상 좀 부탁드릴게요!"

그리고 반사 효과로 언론의 주목을 받게 된 조나단은 함박웃음을 지었다.

＊　　　　＊　　　　＊

「월드시리즈 MVP는 이상진!」

「시카고 컵스! 4년 만에 다시 왕좌의 자리로!」

「7차전을 퍼펙트게임으로 장식하다!」

「화려한 이상진의 1년! 내년의 계획은 과연?」

한국의 야구팬들은 두 손에 땀을 쥐고 새벽에 월드시리즈

7차전을 지켜봤다.

1차전처럼 연장전을 가지 않을까 숨죽였던 그들은 전부 환호성을 지르며 이상진의 우승을 축하했다.

—역시 이상진이다 이거야!

—진짜 퍼펙트게임을 해내네? 데이비드 로스 감독, 신내림이라도 받은 거냐?

—월드시리즈에서 무실점! 그것도 몇 경기나 등판한 거지?

—메이저리그에서 이만한 투수가 될 줄은 몰랐다!

ㄴ난 알았는데!

ㄴ닥쳐! 알긴 뭘 알아?

월드시리즈 7차전은 역대 시청률 최고 기록을 경신하기까지 했다.

그 이유는 바로 데이비드 로스 감독의 예고 퍼펙트게임 덕분이기도 했다. 이상진이 퍼펙트게임을 해낼 것이라 예언한 그의 말 때문에 미국 전역의 시선이 월드시리즈에 집중되어 있었다. 그걸 당당히 해낸 9회 말에는 최고 시청률을 넘기기까지 했다.

미식축구가 미국 TV의 역대 시청률 순위 대부분을 차지하고 있는 걸 생각하면 아무리 월드시리즈 7차전이라고 해도 이

례적인 일이었다.

그리고 테오 엡스타인과 에릭 호이어 단장도 쇄도하는 인터뷰 요청에 정신을 차리지 못했다.

특히 엡스타인 사장의 경우는 인터뷰 경험이 많았음에도 평소의 배는 많은 취재인의 물결에 당혹스러운 표정을 지었다.

"이상진 선수를 영입하면서 성공을 확신하셨나요?"

"물론입니다. 미스터 리는 한국에서도 이미 성공을 거둔 투수입니다. 미국에서도 충분히 통하리라 생각했습니다. 하지만 이 정도로 엄청난 위업을 달성해 낼 줄은 저도 감히 상상하지 못했네요. 미스터 리의 영입은 2016년 우승 이후로 제 최고의 업적이라고 말할 수 있습니다."

"이제 내년이면 추가 계약했던 5년의 마지막 해가 됩니다. 이후에도 시카고 컵스의 사장으로 남으실 의향이 있으신가요?"

"그건 그때 가 봐야 알 수 있을 것 같습니다. 하지만 남게 된다면 저는 팀을 위해서 최선을 다할 것을 약속드립니다."

능수능란하게 대처하는 엡스타인 사장과 달리 에릭 호이어 단장은 난감해하는 기색이 역력했다.

우승을 이뤄 낸 시카고 컵스의 환희와 홈구장에서 우승을 내준 휴스턴 애스트로스의 애환.

그리고 그 속에서도 복잡한 감정을 숨기고 있는 존재들이 있었다.

"이제 끝났나?"

영호는 저승사자의 복장으로 관중석 위 기둥에 앉아서 구경하고 있었다.

뭐니 뭐니 해도 이 정도로 전망이 좋은 장소는 거의 없었다. 무엇보다 이 자리는 마운드 위에서 공을 던지는 상진의 모습이 가장 잘 보이는 곳이기도 했다.

월드시리즈가 끝나고 우승의 기쁨을 누리는 상진을 물끄러미 바라보던 영호의 곁에 누군가 나타났다.

"끝났구나."

"예, 흑월사자님."

흑월사자는 저 멀리에서 따로 경기를 관중하고 있었다.

평소에도 상진에게 관심이 많긴 했지만 시간을 내서 보러 오기 무척 힘들었다.

하지만 영호보다는 짧긴 해도 이번에 그 역시 얼마간의 직무 정지를 받았기에 바람이나 쐴 겸 이승 나들이를 나왔다.

"그러면 할 일을 해야겠지."

"우승 축하 파티가 끝나고 집에 가거든 할 생각입니다."

"그건 네 판단에 맡기겠다."

그리고 둘 사이에 잠시 침묵이 흘렀다.

다시 말문을 연 건 흑월사자 쪽이었다.

"그때의 일이 엊그제 같구나."

"저승사자들에게 있어서는 잠깐의 바람과 같은 일이었죠."

이미 수백 년을 살아온 저승사자들에게 있어서 단 2년은 찰나와 같은 순간이었다.

그래도 그 시간이 무의미하고 재미없다는 건 아니었다.

다른 몇백 년 이상으로 재미있는 시간이었다.

"그러면 제 일도 여기까지겠군요."

"아쉬운가 보군."

"그거야 그렇죠. 정을 붙이기도 했으니까요. 무엇보다 형제와 같다고도 생각했습니다."

형제와 같이 싸우기도 하고 아껴 주기도 하고 상진을 위해 온갖 일을 하기도 했다.

매니저로서, 에이전트로서, 혹은 뒤에서 벌어지는 사건을 해결하기도 하고 입맛에 맞는 요리를 만들어 주기도 했다.

그러면서 정말 많이 친근해졌다.

"기뻐하는군요."

"저승사자에게 불필요한 감정들만 되살아났나 보군."

"예. 그러니 근신 처분이 내려졌겠죠."

상진에게 이야기하진 않았지만 영호에게 근신 처분이 내려진 이유 중 하나는 바로 감정이었다.

저승사자로서 수명대로 영혼을 거둬 오는 일은 선을 확실하게 그어야 했다.

누군가에게 정을 주고 또 인정에 흔들린다면, 혹은 악인의 감언이설이나 속임수에 넘어가게 된다면 그 옛날 강림도령과 같은 일이 벌어지게 된다.

그래서 저승사자들은 이승에 나갈 때마다 감정을 죽였다.

"이제는 감정을 쉽게 죽이지도 못하겠더군요."

"근신이라기보다는 휴식이라고 생각하게. 자네는 200년 넘게 너무 고생했어."

200년 동안 얼마나 많은 전란이 있었고 얼마나 많은 죽임이 있었던가.

흑월 사자는 오랫동안 고생한 후배의 어깨를 두드려 주었다. 하지만 영호는 그를 향해 시선조차 돌리지 않고 가만히 한곳을 응시했다.

월드시리즈 우승의 기쁨을 누리는 시카고 컵스의 선수들.

그리고 그 중앙에는 누구보다 빛나는 남자가 있었다.

"그러면 잠시 쉬어야겠죠."

아쉽고 힘겨워도 이별의 시간이 다가왔다.

에필로그

우승 축하 파티는 시카고에 돌아간 다음 열리기로 결정됐다.

그리고 손에 땀을 쥐는 경기였던 만큼 선수들의 휴식을 위해 그들은 숙소로 잡아 놓은 호텔로 일찌감치 돌아왔다.

호텔 안에 돌아온 상진은 자신의 개인실에 들어가면서 피식 웃었다.

"불이라도 켜 두고 있지 그랬어요?"

"이러는 게 분위기 있잖냐?"

"저승사자다워서 분위기는 있어 보이네요."

영호는 저승사자로서 입고 다니는 정장을 입고 있었다.

그만큼 위압감 있는 저승사자의 모습이 그대로 드러나고 있었다.

테이블 위에 있는 음식과 촛불만 아니었다면 말이다.

"그 음식은 뭐예요?"

"내가 만든 음식이지. 네가 좋아하던 메뉴들만 모아 놨다."

"여기에서는 조리가 안 되잖아요?"

"만들어서 갖고 왔다. 먹을 게 있으면 그냥 먹을 것이지 뭘 그렇게 물어 봐? 얼른 씻고 와라."

영호는 투덜거리면서 자신의 맞은편 의자를 가리켰다.

피곤하긴 했어도 영호에게 시간이 부족하단 걸 알기에 상진은 대충 씻고 나와 영호의 맞은편에 앉았다.

"그러면 영광스러운 이상진의 우승을 축하하며, 건배!"

"건배!"

영호가 준비한 음식의 수는 생각보다 많았어도 둘이 먹기에는 약간 부족해 보였다.

하지만 음식은 쉽게 줄어들지 않았다. 어느 순간부터 상진의 손이 점점 속도가 느려졌다. 이 음식이 전부 사라지는 순간, 눈앞에 있는 저승사자와의 인연도 끝이란 걸 알고 있었다.

그렇기에 음식을 먹는 상진은 결국 포크를 멈췄다.

"왜 안 먹냐?"

"그야 이제 끝이잖아요."

"그래서 끝을 내지 않겠다는 거냐?"

상진은 입을 다물고 아무 말도 하지 않았다.

그걸 말하는 순간 이별을 인정하는 것 같아서였다.

영호도 포크를 내려놓고 한숨을 쉬었다.

"이런 어리석은 녀석 같으니. 이별이 싫다고 고개를 돌려 외면하면 이별이 없는 줄 알았냐? 지금은 그저 할 일이 남아 있으니 내가 여기에 있지만 그것조차 없었다면 이대로 떠났을 걸 왜 모르는 거냐?"

말투마저 일반인에서 저승사자의 말투로 돌아가 있었다.

지금 영호는 선을 긋고 있었다.

저승으로 돌아가게 된다면 이제 저승사자와 인간의 관계로 돌아가게 된다. 쓸데없는 정을 남기지 않기 위해서라도 그는 상진에게 일부러 매몰차게 대하고 있었다.

"자, 먹자. 이게 너에게 해 줄 수 있는 마지막 배려니까."

잠시 망설이던 상진은 다시 포크를 집어 들고 음식을 먹기 시작했다.

함께 식사를 하는 둘 사이에는 아무런 대화도 없었다.

그저 쓸쓸한 적막만이 감돌았다.

이윽고 식사가 다 끝나자 영호는 그릇들을 치우고 아직도 가만히 앉아 있는 상진에게로 다가왔다.

"에휴, 그렇게 풀 죽은 얼굴을 하면 내가 맘 편히 떠나지 못하잖냐."

어느새 말투가 평소대로 돌아왔다.

매몰차게 굴고 떠나기에는 그동안의 시간이 너무 길었다.

그리고 영호가 너무 인간의 역할에 몰입해 버렸다.

"누가 풀 죽었다고 그럽니까? 누가 죽기라도 했어요? 어차피 저승사자니까 죽지도 못하겠지만."

"애초에 죽어 버렸으니까 신경 안 써도 되겠다, 이놈아."

퉁명스럽긴 해도 상진의 목소리에 힘이 돌아왔다.

다시 맞은편에 앉은 영호는 상진의 이마를 주먹으로 툭 치고 한숨을 쉬었다.

"마음 편하게 가자. 평생 못 볼 놈처럼 굴지 말고."

"못 보는 거 아니었어요? 한 몇백 년 근신당하는 줄 알았는데."

"이 자식, 놀리는 걸 보니 진정은 했나 보네."

상진은 피식 웃으면서 고개를 끄덕였다.

조금 전까지는 각오가 필요했다. 그동안 영호와는 형제처럼 지내왔고 정신적으로 많은 의지가 됐었다.

그런 그와 이제 헤어지려니 씁쓸했다.

그래도 어쩔 수 없는 일이라 생각할 수밖에.

"그럼 이제 시스템을 가져가야죠."

"손을 내밀어 봐."

영호가 상진의 손 위에 무언가 올려놨다.

작고 동글동글한 단약이었다.

상진은 한약재 냄새가 은은하게 풍기는 단약을 이리저리 살펴보다가 물었다.

"토끼 똥이나 그런 건 아니죠?"

"당연히 아니지. 그건 황금 돼지를 가져가기 위해서 만든 단약이야."

"써요?"

"이런 빌어먹을. 이런 식으로 시간을 질질 끌어 봤자 좋을 게 없으니 억지로 먹이기 전에 좀 먹자."

"거참, 저보다 훨씬 오래 살아온 저승사자가 뭐 그렇게 급합니까?"

일부러 시간을 질질 끈다는 사실까지 간파당했다.

얄팍한 수까지 들키자 상진은 한숨을 내쉬고 손바닥 위의 단약을 바라봤다. 그리고 두 눈을 질끈 감고 그걸 삼켰다.

"그런데 이걸 먹으면 황금 돼지는 어떻게 나오나요?"

"상진아, 입구가 있으면 출구가 있게 마련이지?"

"그렇죠. 그런데요?"

"그런 거니까."

그 말의 뜻을 알아채는 건 금방이었다.

명치에서부터 아랫배까지 꾸륵거리며 아파오는 걸 느낀 상진은 뭐라고 항의할 겨를도 없이 화장실로 뛰어갔다.

푸드득! 푸드드득!

"대체 뭘 준 겁니까!"

화장실에서 들려오는 비명 같은 고함을 들으며 영호는 오랜
만에 행복한 미소를 지었다.

"뭐긴 뭐야, 저승에서 특별히 만든 특제 관장약이지."

"끄어어억!"

*   *   *

퀭한 눈으로 세면대에 서 있는 상진은 열심히 손을 움직였다.

"거 깨끗하게 닦아라. 어우! 손 돌리지 말고! 냄새 봐라."

"누구 때문인데 그러는 겁니까!"

거의 한 시간 동안 변기에 앉아 있던 상진은 결국 황금 돼
지를 꺼내는 데 성공했다. 물론 그 여파는 상상 이상이었기에
상진은 반쯤 넋이 나간 얼굴이었다.

"좀 닦았냐?"

"닦았어요."

"아니, 좀 더 닦아라. 걔도 별로 개운하다는 표정이 아니잖
냐."

처음 봤을 때는 몰랐는데 황금 돼지는 살아 있었다.

몸 안에서 나오자마자 몸에 묻은 이물질들이 기분 나쁘다는 듯, 펄떡거리면서 사방에 튀겨댔다.

덕분에 호텔 화장실은 엉망진창이 됐고 그걸 청소하느라 시간이 한참이나 걸렸다. 물론 관장약 효과가 아직 남아 있는 상진에게 무척 힘든 일이었다.

"젠장. 이쯤이면 됐어요?"

"흠, 개운하냐?"

황금 돼지는 고개를 끄덕이더니 펼쳐 놓은 수건에 알아서 몸을 뒹굴기 시작했다. 질린다는 표정으로 그 광경을 지켜보던 상진은 한숨을 푹 쉬었다.

"내가 살다가 출산의 아픔까지 겪어 볼 줄은 몰랐습니다."

"그래도 안 찢어졌잖냐?"

"빌어먹을! 찢어지지 않은 게 용할 정도인데 농담이 나옵니까?"

"그래서 미리 말했잖냐. 입구가 있으면 출구도 있는 법이라고."

덕분에 항문이 터질 듯한 아픔을 겪어야 했던 상진으로서는 곱게 대답이 나오지 않았다.

하지만 이렇게 황금 돼지와 영호를 보고 있자니······.

"똥 냄새 난다. 가까이 오지 마라."

"빌어먹을. 그래도 가까이 갈 겁니다."

저게 허세라는 것도 잘 알고 있었다.

거짓말로라도 정을 떼려고 일부러 저런다는 것도 잘 알았다.

그래서 상진은 거침없이 영호에게 다가가 그를 끌어안았다.

"이러니저러니 해도 그동안 정말 고마웠어요."

"나도 즐거웠다. 아마 내가 저승사자가 되기 전에도, 된 후에도 이 정도로 재미있던 적은 없었던 것 같다. 무엇보다……."

영호는 말끝을 흐리면서 상진을 떼어 놓았다.

"내가 야구라는 스포츠를 알게 된 게 가장 큰 소득이 아닐까 싶다."

"저승에 가서도 내 경기는 꼭 챙겨 봐 주고요."

"그러도록 하지. 아, 그리고 말이다."

뒤로 두어 걸음 물러선 영호는 얼굴을 살짝 찌푸렸다.

"똥 냄새 난다. 좀 떨어지자."

마지막까지 초 치는 건 변하지 않았다.

*   *   *

한국으로 향하는 상진의 옆에는 낯선 남자가 있었다.

하지만 그는 쉴 새 없이 재잘거렸고, 상진에게 무척이나 친근하게 굴었다.

마이클 레드먼드라고 하는 남자와 어색하게 이야기하며 상진은 쓴웃음을 지었다.

'기억이 바뀐다고 했던가.'

그가 떠나면서 했던 말이 떠올랐다.

'잘 들어라. 이제부터 사람들의 기억은 뒤바뀔 거다. 에이전 트였던 나는 이제 다른 사람으로 바뀌고 그 사람이 너를 전 적으로 보조하겠지. 내가 근신하기는 해도 알아본 바로는 넌 보라스 컴퍼니의 소속으로 바뀌고 매니저의 소속도 그쪽으로 바뀔 거다.'

그 말대로 사람들의 기억은 전부 바뀌었다.

자신은 보라스를 에이전트로 삼아 메이저리그에 진출했으 며 협상 끝에 거액의 옵션을 걸고 시카고 컵스와 계약을 맺게 됐다.

'아무리 그래도 좀 아는 사람으로 바꿔 주고 가지.'

전혀 모르는 사람과 친근하게 이야기를 하려니 너무 불편 했다. 상진은 마이클이 하는 이야기를 들으면서 어색한 미소 를 몇 번 지어 주었다.

그리고 비행기에서 자신을 흘끔거리는 사람들을 발견했다.

전부 뭔가 말하고 싶어서 안달이 나 있는 표정들이었다.

"저기, 이상진 선수 맞으시죠?"

"네. 맞습니다. 이리 주세요."

잔뜩 긴장해서 떨고 있는 손으로 야구공을 내밀고 있었다.

메이저리그 공인구임을 확인한 상진은 언제나 그렇듯 화려하게 사인을 해 줬다.

그러자 눈치만 보고 있던 사람들이 하나둘씩 상진의 주위로 다가왔다.

"저도 괜찮을까요?"

"저도 부탁드릴게요!"

"승객 여러분! 갑자기 이러시면 곤란합니다!"

비행기 안은 순식간에 이상진의 팬 사인회 장소로 돌변했다.

승무원들은 갑자기 일어서서 한곳으로 모이는 승객들을 통제하기 위해 애를 썼다.

상진은 손을 들어 모이는 승객들을 말렸다.

"자자, 여러분은 가만히 자리에 앉아 계셔 주세요. 제가 직접 돌아다니면서 사인을 해 드리겠습니다."

"와아!"

어떤 메이저리그 스타가 자신이 직접 기내를 돌아다니며 사인을 해 주겠는가. 하지만 비행기 안의 혼잡을 피하기 위해서는 이게 최선이었다.

상진은 여기저기 돌아다니며 사인을 해 주기 시작했다.

공에 받는 사람도 있었고 허둥지둥 유니폼을 꺼내서 받는 사람도 있었다.

다만 백지에 해 주는 것은 규정대로 정중하게 거절했다.

"아저씨! 아저씨!"

누군가 옷깃을 잡아당기는 느낌에 고개를 돌려 보니 이제 열 살쯤 되어 보이는 아이가 상진의 옷을 잡아당기고 있었다.

"왜 그러니?"

"아저씨가 세상에서 가장 야구를 잘하는 사람이에요?"

어린아이다운 질문에 상진은 쓴웃음을 지었다.

그는 조용히 아이의 머리를 쓰다듬어 주었다.

"그럴 수도 있고 아닐 수도 있어."

"아빠는 아저씨가 가장 잘하는 사람이랬어요."

"그래? 그런데 그건 왜 물어보니?"

"아저씨만큼 야구를 잘하려면 어떻게 해야 해요?"

아이를 훑어보니 리틀 야구를 하는지 유니폼을 입고 있었다. 그리고 손에 굳은살이 약간 배겨 있는 걸 보니 연습도 많이 하는 모양이었다.

상진은 무릎을 굽혀 아이와 눈높이를 맞추었다.

"잘 먹고 잘 자고 연습을 열심히 하면 돼."

"그것 말고 없어요?"

"음."

상진은 잠시 고민하는 척하다가 다시 웃어 주었다.

"너무 많이 먹어서 배탈 나지만 않으면 돼."

        *   *   *

공항에 도착한 상진은 비행기에 내리면서 공항 직원들의 시선을 받고 당황했다. 그들도 사인을 받지 못해서 안달 난 표정으로 상진을 바라보고 있었다.

백지에 해 주는 사인은 여전히 거절했지만 가능한 물품에는 가능한 만큼 해 주며 공항에서 걸어 나왔다.

그리고 입국 심사를 끝내고 들어서는 순간 눈앞이 너무 밝아져서 앞이 보이지 않았다.

찰칵찰칵!

"왔다! 왔어!"

"이상진 선수! 여기 한 번만 봐주세요!"

엄청난 수의 기자들과 환영 인파가 그를 맞이했다.

그리고 그 몇 배는 되는 숫자의 팬들이 각양각색의 플래카드를 들고 그를 맞이했다.

"와아! 상진 오빠! 멋있어요!"

"손! 손 한 번만 잡아 주세요!"

"이쪽을 봐주셨어! 눈이 마주쳤다고!"

〈대한민국의 자랑, 이상진을 환영합니다!〉

그렇게 상진은 메이저리그의 최정상에 오른 최고의 모습으로 한국에 돌아왔다.

「월드시리즈 우승의 주역, 이상진. 인천 공항을 통해 입국」

「이상진 귀국 환영 인파 1만여 명 응집, 공항에 한때 혼란 빚어」

「여객기 내에서도 사인 행렬, 절정에 달한 인기」

「최고의 팬 서비스. 그래도 메이저리그 규정은 준수」

상진은 입국하자마자 사방에서 들이미는 마이크를 둘러보며 다시 쓴웃음을 지었다. 한국에 돌아오니 미국에 있을 때보다 훨씬 극성스러운 분위기였다.

그도 그럴 것이 그는 스포츠 영웅이었다.

미국에서 0점대 평균 자책점을 기록하며 전설을 써 내려간 선수였다.

오히려 부족한 감이 있을 정도였다.

"무시무시하네."

뒤따라오는 차량들을 보면서 상진은 쓴웃음을 지었다.

"미국에서 활약했다는 이야기는 매일같이 듣는데 이 정도였던 거냐?"

"뭐, 나름 사람에 따라서는 그렇게 생각할 수 있는 정도인 거 같네."

"이 정도면 월드컵 4강 달성한 수준인데?"

오늘도 상진을 데리러 나온 진환은 운전을 하면서 계속 투덜거렸다. 상진과 사촌 관계이고 꽤 친하단 사실이 알려지니 여기저기에서 인터뷰 요청까지 들어왔다.

"그런데 부모님은?"

"두 분은 지금 인터뷰 피해서 서울 호텔에 계셔. 기자들이 하도 지랄을 해야지."

"하하하."

평소에 험한 말을 거의 쓰지 않는 진환의 입에서 욕설이 튀어나올 정도였다.

기자들의 설레발이나 선 넘는 행위에 대해서는 한국에서나 미국에서나 징하게 겪어 본 상진으로서는 쓴웃음만 나왔다.

"아들이 유명해지니 부모님만 고생하게 만드네."

"그래도 인터뷰 두어 번 하시니까 좋아하시긴 하더라. 그리고 너를 무척이나 자랑스러워하시고."

"그거야 당연히 그러셔야지."

"너, 생각보다 뻔뻔해졌다?"

진환은 어처구니없다는 듯 웃으면서 엑셀을 밟았다.

상진이 탄 차를 뒤에서 따라오던 기자들이 황급히 속도를 올리자 둘은 낄낄거리며 웃음을 터뜨렸다.

"그런데 어째 표정이 좀 어두워 보인다? 마이클 씨는 어떻게 생각해요?"

"제가 이야기를 걸어도 별로 대답도 안 해 주시고 뭔가 생각하시는 것 같더라고요."

"시즌도 끝났는데 뭘 그렇게 생각해?"

"그냥 다음 시즌에 대해서 생각도 해 보고."

거기까지만 말하고 입을 꾹 다물었다.

영호가 떠나고 생긴 빈틈은 새로 들어온 사람들로는 채워지기 어려웠다. 그저 공허하고 어딘가 모르게 아쉬웠다.

시스템은 전부 사라졌어도 혼자 기억하고 있는 추억이라는 건 생각보다 컸다.

그때 에이전트인 마이클의 휴대폰이 울리기 시작했다.

잠시 전화를 받던 그는 난감한 얼굴로 상진에게 휴대폰을 건넸다.

"세인트루이스의 토니 스미스라는데 어떻게 할까요?"

"그놈은 또 왜……."

그래도 아예 인연이 없는 사람은 아니었기에 매몰차게 안 받기도 그랬다.

―오우! 리! 한국에는 잘 갔습니까? 여기는 밤인데 거기는 낮이겠죠?

"시끄럽고 용건이나 말해. 시즌도 끝났는데 무슨 일이야?"

―리는 기억을 하는지 궁금해서 전화했습니다.

그 말에 상진은 침묵했다. 그게 충분한 대답이 되었는지 토니도 별다른 말없이 잠깐 침묵했다.

―기억하고 있군요.

"기억하고 있어."

―그쪽도 쓸쓸하게 됐겠네요.

요새 쓴웃음을 많이 짓게 됐다. 토니의 말에 쓴웃음을 지은 상진은 한숨을 쉬면서 뒷좌석 시트에 몸을 파묻었다.

푹신푹신한 가죽 시트의 감촉을 느끼며 다시 말했다.

"그쪽도 가져갔을 텐데, 어때?"

―그 빌어먹을 놈이 사라지니까 속이 다 후련합니다. 그래도 없어지니 아쉽긴 하네요. 내년 시즌이 걱정되기도 하고.

여태까지 키워 놓은 스테이터스는 살아 있다고 해도 눈에 보이지 않게 됐다. 게다가 보유하고 있던 스킬들은 전부 사라졌다. 불안하지 않을 리가 없었다.

하지만 상진은 달랐다.

"난 걱정되지 않아. 내년에도 내 공은 쉽게 치지 못할 테니까."

―이런! 과연 그렇게 자신해도 될까요? 시스템이 없어졌으니 이제 확실하게 승부를 보는 겁니다!

그 말을 끝으로 토니 스미스는 전화를 끊었다.

어지간히 도발에 화가 난 모양이었다.

그래도 별로 관심이 없었던 상진은 휴대폰을 다시 마이클에게 건네주면서 한숨을 쉬었다.

라이벌이라고 생각하는 건 토니 스미스뿐이었다.

일방적인 관심에 별로 신경 쓰고 싶지도 않았다.

"그런데 한국에서도 일정이 꽤 빡빡하던데 괜찮겠어?"

"딱히 나쁘진 않아. 예능프로그램 출연하는 거야 다른 사람들도 다 했던 거니까."

"그래도 청와대에 대통령 만찬도 있잖냐. 특별히 초청받았으니 정장도 하나 맞추자."

정장이라는 말에 상진은 자신도 모르게 중얼거렸다.

"검은색 정장."

"응? 뭐라고?"

"아니야. 아무것도 아니야."

"아무튼 네가 가진 돈이라면 정장도 좋은 걸로 맞출 수 있을 테니까 화끈하게 써 봐. 넌 여태껏 돈은 벌어도 쓸 줄 몰랐잖냐."

운전을 하던 진환은 이것저것 좋은 메이커의 정장을 이야기하기 시작했다.

그걸 들으면서 상진은 농담을 던졌다.

"그러고 보니 형 가게 낼 때 내가 출자 좀 해 줄까?"

"어?"

"지난번에 전화할 때도 그랬잖아. 호텔 주방에서 더 있으려니 짜증만 나니 어서 가게 차리고 싶다고."

"인마! 왜 네 돈을 나한테 써?"

"그러면 빌려 준다고 하지. 이자는 연 10퍼센트 정도 받을까?"

"이런 도둑놈 자식을 봤나."

서로 투닥거리면서 농담을 주고받는 모습은 영락없이 형제였다.

그리고 상진은 진환과 이야기를 하면서도 형제만큼 가까웠던 한 존재를 떠올리며 다시 쓴웃음을 지었다.

*　　　　*　　　　*

「2021 시즌의 우승 후보는 누구인가?」

「시카고 컵스는 강한 팀이지만 이상진에 대한 의존이 높은 팀」

한국에서 웬만한 유명인 이상의 인기를 누린 이상진은 1월이 되자 다시 미국으로 복귀했다. 새로운 시즌이 시작되는 스프링 트레이닝 기간 동안 다시금 단련을 하기 위해서였다.

그리고 언론에서는 새로운 시즌의 승리자가 누가 될 것인지 프리뷰를 시작했다.

─시카고 컵스에게 작년의 행운이 그대로 따라오지는 않을

겁니다.

　―이상진이 등판하지 않는 경기를 노려서 승리를 거둔다면 세인트루이스 카디널스에게도 승산은 있겠죠.

　―이상진도 어느 정도 파악은 됐으니 작년만큼의 성적은 거두기 힘들 겁니다.

　아나운서들이나 기자들은 전부 자신이 좋아하는 팀을 우승 후보로 내세웠다.

　그리고 이상진에 대한 혹평을 내놓았다.

　작년에 아무리 반짝했다고 해도 이곳은 메이저리그.

　겨울 동안 다른 팀들이 1년 동안 쌓인 데이터를 토대로 이상진에 대한 공략법을 세웠다고 생각해서였다.

　"이상진은 올해 시카고 컵스의 우승을 단언했습니다. 그리고 저 역시 올해 월드시리즈 2연패를 노릴 생각입니다."

　이걸 정면으로 반박한 것이 데이비드 로스 감독의 인터뷰였다. 그는 인터뷰에 시카고 컵스라는 팀에 대해서, 그리고 이상진이라는 선수에 대한 신뢰를 가득 담아 냈다.

　언론사들은 감독 초년에 엄청난 행운을 손에 넣은 데이비드 로스가 현실 감각을 잃어버렸다고 생각했다.

　하지만 사장인 테오 엡스타인을 비롯해 단장인 에릭 호이어, 그리고 시카고 컵스의 선수들 모두 우승하리라 예상하고 있었다.

"리가 있는 한 우리는 우승할 겁니다."

이상진은 그들의 기대에 부응했다.

스킬이 존재했던 시절보다는 조금 덜하더라도 그의 공은 강력했고 누구도 치지 못할 정도로 압도적이었다. 유려한 곡선을 그리며 포수의 미트로 빨려 들어가는 변화구는 작년보다 더욱 강력해졌다. 그리고 메이저리그 타자들은 그걸 공략하지 못하고 허둥거리기 일쑤였다.

"리! 리! 리! 리!"

"미스터리한 미스터 리의 투구는 버뮤다삼각지대보다 더 신비롭지!"

전용 응원가를 들으며 등판한 이상진의 투구는 여전히 위력적이었다.

"스트라이크! 아웃!"

2021년에도 시카고 컵스의 제1선발로 등판한 상진은 여전히 무적의 투수로 군림했다.

그에게 있어서 시스템과 스킬만이 능력의 전부가 아니었다.

그의 투구는 여전히 빨랐고 위력적이었으며 그걸 던지는 이상진의 머리는 노련했고 약삭빨랐다.

메이저리그의 타자들을 요리하는 데 그만한 선수는 없었다.

「이상진! 2021년 월드시리즈 MVP로 등극!」

「2년 연속 월드시리즈 우승과 2년 연속 사이 영 상 수상!」

「이상진! 약속을 지킨다. 그리고 약속을 했다. 내년에도 우승에 도전한다!」

「미스터 리의 미스터리한 야구 철학. 그의 특별한 무기는 무엇인가?」

「월드시리즈에서 또다시 퍼펙트게임! 올해에도 이상진은 강력하다!」

2년 연속 월드시리즈에서의 퍼펙트게임을 달성하자 테오 엡스타인 사장도 망설일 이유가 없었다.

"이만한 금액은 어떤가?"

시카고 컵스와 5년 동안 무려 2억 달러라는 고액 계약을 맺는 데 성공했다.

2015년에 애리조나 다이아몬드백스와 6년 총액 2억 650만 달러에 계약한 그레인키보다 훨씬 좋은 계약이었다.

하지만 이상진에게는 그럴 만한 가치가 있었고 시카고 컵스는 주저 없이 투자하기로 결정했다.

하지만 좋은 일이 있다면 나쁜 일도 있는 법.

아쉽게도 전담 포수였던 조나단은 팀에서 떠났다. 기량이 저하되기도 했고 나이도 있었으며 무엇보다 부상 때문이었다.

무릎 부상은 계속 앉아 있어야 하는 포수에게 치명적이었다.

이런 아쉬움 속에서도 상진은 꾸준히 성적을 냈다. 그의 무적 전설은 2021년에만 이어진 게 아니었다. 이상진은 2022년과 2023년까지 무려 4년 연속 사이 영 상 수상이라는 쾌거를 이루어 냈다. 메이저리그에서 4년 연속 사이 영 상 수상이라는 기록은 그렉 매덕스, 랜디 존슨만이 기록한 엄청난 기록이었다. 그는 지금이 자신의 전성기임을, 그리고 첫 시즌의 일이 우연이 아님을 증명해 냈다.

─2025년 월드시리즈 4차전! 시카고 컵스의 선발은 미스터리!

─올해도 어김없이 0점대 평균 자책점을 기록하며 무적의 기록을 이어 나가고 있습니다!

─1차전에는 아쉽게 퍼펙트게임이 무산됐는데요.

─그래도 노히트노런을 기록하며 기록의 사나이임을 증명해 냈습니다!

─과연 그는 오늘 퍼펙트게임을 달성하여 월드시리즈에서 5년 연속 퍼펙트게임을 달성하는 기록을 만들어 낼 것인가!

2025년 월드시리즈 상대는 뉴욕 양키스였다.

이상진을 필두로 나선 시카고 컵스는 1차전부터 3차전까지 싹쓸이했다. 그것도 2차전과 3차전은 그가 등판하지 않았음에도 승리를 거두어 보다 값졌다.

"와아아아아아아!"

이상진이 등장하자 상대 팀인 양키스의 홈 양키 스타디움임에도 엄청난 함성이 울려 퍼졌다. 뉴욕 양키스의 팬들은 메이저리그 사상 최고의 투수로 기록될 남자에 대한 경의로. 시카고 컵스의 팬들은 언제나 그렇듯 자신들의 투수를 향한 응원으로. 다른 팀을 응원하는 사람들은 올해도 사이 영 상이 확정적인 전설을 향한 환호였다.

"리! 리! 리! 리!"

첫해에는 휴스턴 애스트로스, 둘째 해에는 보스턴 레드삭스에 이어 올해는 뉴욕 양키스였다.

아메리칸 리그 팀들은 어느새인가 자포자기하고 있었다.

월드시리즈 단골이 된 시카고 컵스가 우승을 하려면 자신들을 넘어 보라는 듯 버티고 있는 건 상관없었다.

그들이 두려워하는 건 이상진, 단 하나뿐이었다.

마운드에 올라간 상진은 팔을 들어 내리쬐는 햇빛을 슬쩍 가리며 관중석을 훑어봤다.

"음?"

그때 문득 누군가 손을 흔드는 모습이 눈에 들어왔다.

상진은 그가 누구인지 단번에 알아보고 쓴웃음을 지었다.

"왔으면 내려오기라도 하지."

관중석 기둥 위에 앉아 있는 검은색 정장의 남자. 그를 발견한 상진은 아무 의미 없이 모자를 벗어서 인사를 하고 다시 포수의 미트를 향해 공을 던졌다.

오랜만에 보는 친구, 형제, 그리고 영혼의 단짝에게.

선물을 안겨 줄 생각에 상진은 자신도 모르게 미소를 지었다.

"스트라이크!"

『먹을수록 강해지는 폭식투수』完.